LOVE EVERLASTING™

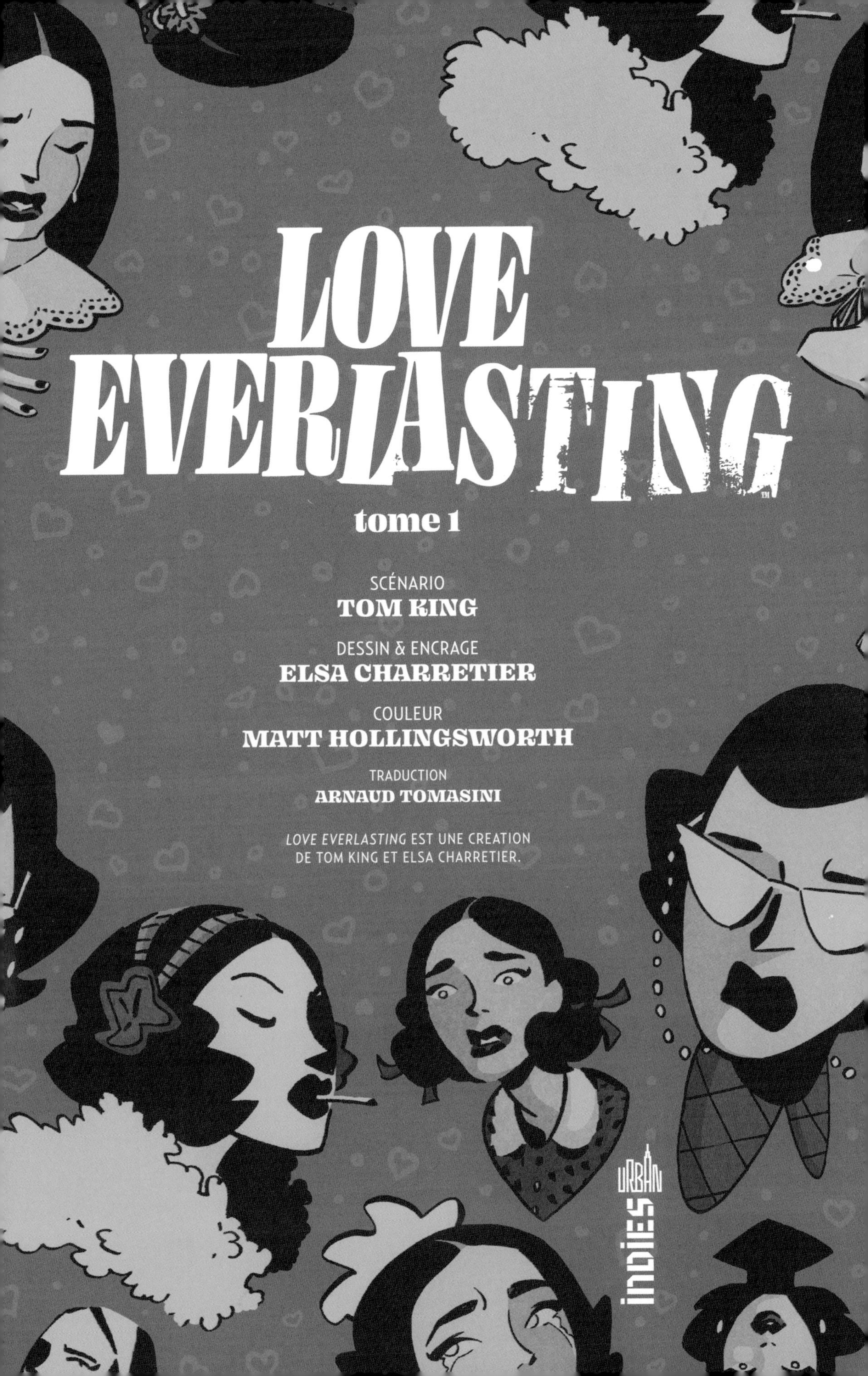

LOVE EVERLASTING™

tome 1

SCÉNARIO
TOM KING

DESSIN & ENCRAGE
ELSA CHARRETIER

COULEUR
MATT HOLLINGSWORTH

TRADUCTION
ARNAUD TOMASINI

LOVE EVERLASTING EST UNE CREATION
DE TOM KING ET ELSA CHARRETIER.

CHAPITRE 1

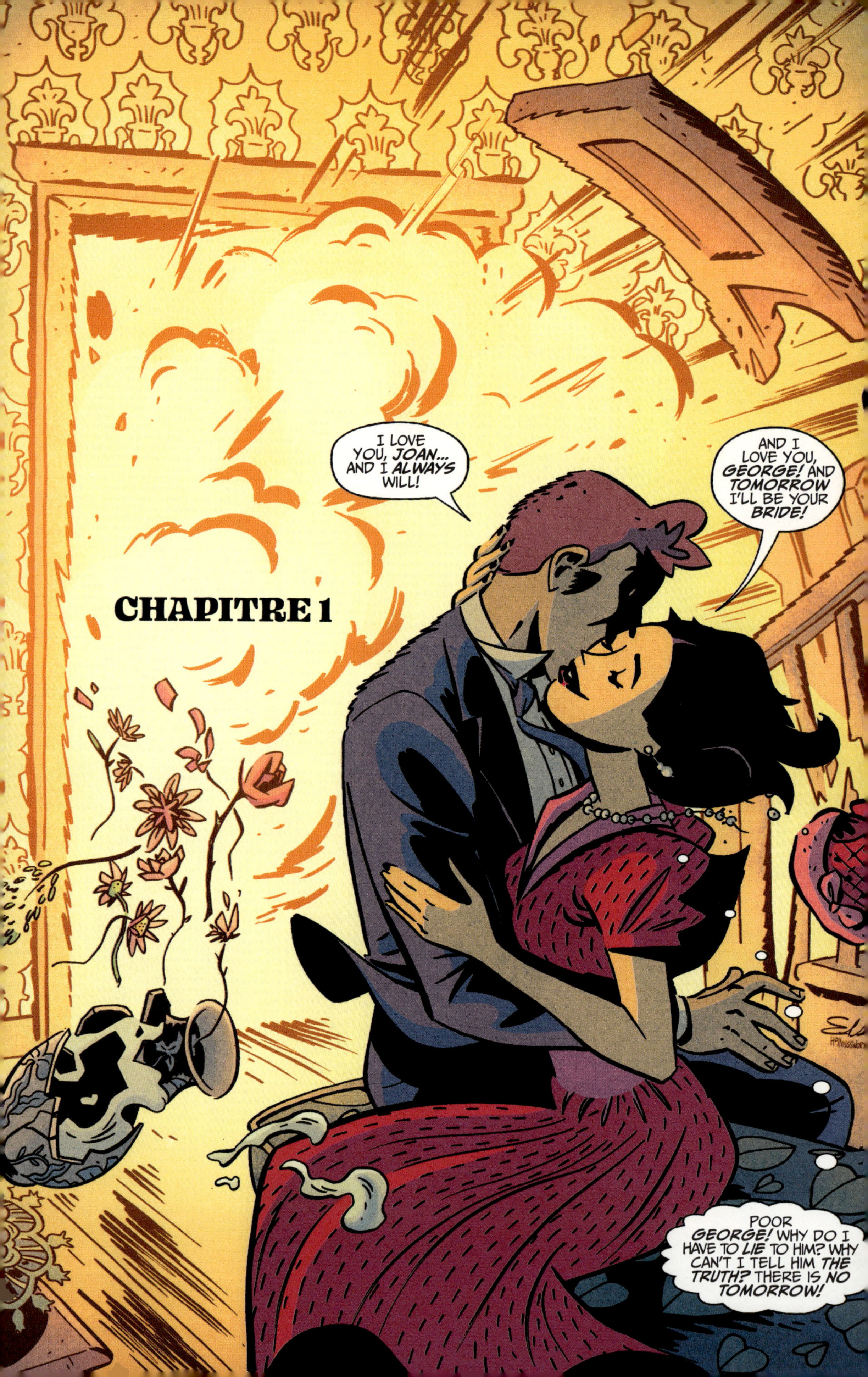
I LOVE YOU, JOAN... AND I ALWAYS WILL!
AND I LOVE YOU, GEORGE! AND TOMORROW I'LL BE YOUR BRIDE!
POOR GEORGE! WHY DO I HAVE TO LIE TO HIM? WHY CAN'T I TELL HIM THE TRUTH? THERE IS NO TOMORROW!

JE SAVAIS QUE C'ÉTAIT MAL. C'ÉTAIT MON PATRON ET LE COMPAGNON DE MA MEILLEURE AMIE. POURTANT, À CHAQUE FOIS QUE JE REGARDAIS GEORGE, JE NE POUVAIS M'EMPÊCHER DE PENSER QUE LUI ET MOI ÉTIONS FAITS...
L'UN POUR L'AUTRE
IL EST TOUT CE QUE J'AI TOUJOURS VOULU ET TOUT CE QUE JE NE POURRAI JAMAIS AVOIR !

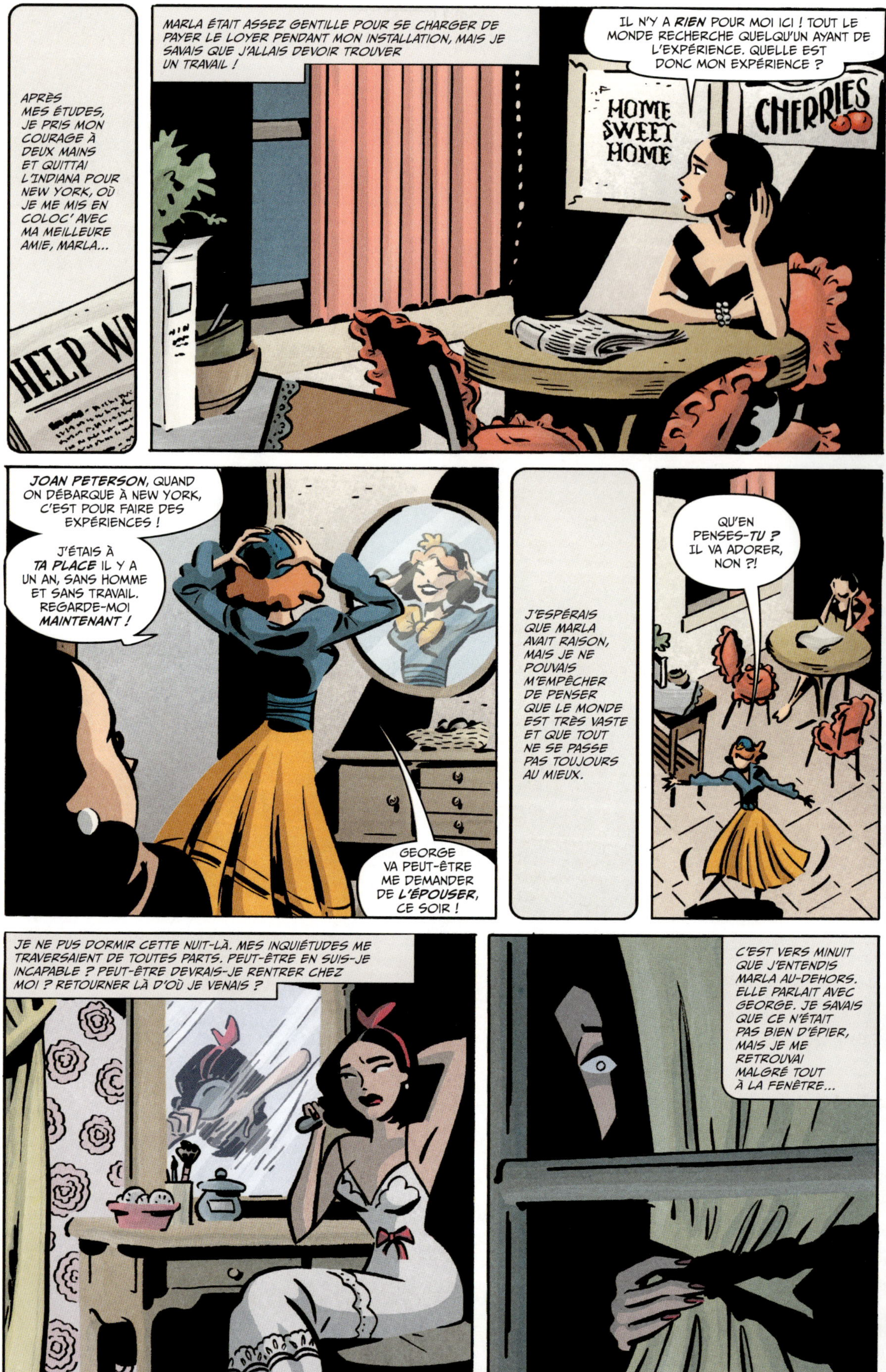
APRÈS MES ÉTUDES, JE PRIS MON COURAGE À DEUX MAINS ET QUITTAI L'INDIANA POUR NEW YORK, OÙ JE ME MIS EN COLOC' AVEC MA MEILLEURE AMIE, MARLA...
HELP W
MARLA ÉTAIT ASSEZ GENTILLE POUR SE CHARGER DE PAYER LE LOYER PENDANT MON INSTALLATION, MAIS JE SAVAIS QUE J'ALLAIS DEVOIR TROUVER UN TRAVAIL !
IL N'Y A RIEN POUR MOI ICI ! TOUT LE MONDE RECHERCHE QUELQU'UN AYANT DE L'EXPÉRIENCE. QUELLE EST DONC MON EXPÉRIENCE ?
HOME SWEET HOME
CHERRIES
JOAN PETERSON, QUAND ON DÉBARQUE À NEW YORK, C'EST POUR FAIRE DES EXPÉRIENCES !
J'ÉTAIS À TA PLACE IL Y A UN AN, SANS HOMME ET SANS TRAVAIL. REGARDE-MOI MAINTENANT !
GEORGE VA PEUT-ÊTRE ME DEMANDER DE L'ÉPOUSER, CE SOIR !
J'ESPÉRAIS QUE MARLA AVAIT RAISON, MAIS JE NE POUVAIS M'EMPÊCHER DE PENSER QUE LE MONDE EST TRÈS VASTE ET QUE TOUT NE SE PASSE PAS TOUJOURS AU MIEUX.
QU'EN PENSES-TU ? IL VA ADORER, NON ?!
JE NE PUS DORMIR CETTE NUIT-LÀ. MES INQUIÉTUDES ME TRAVERSAIENT DE TOUTES PARTS. PEUT-ÊTRE EN SUIS-JE INCAPABLE ? PEUT-ÊTRE DEVRAIS-JE RENTRER CHEZ MOI ? RETOURNER LÀ D'OÙ JE VENAIS ?
C'EST VERS MINUIT QUE J'ENTENDIS MARLA AU-DEHORS. ELLE PARLAIT AVEC GEORGE. JE SAVAIS QUE CE N'ÉTAIT PAS BIEN D'ÉPIER, MAIS JE ME RETROUVAI MALGRÉ TOUT À LA FENÊTRE...

AU MOMENT OÙ JE LES SURPRIS, GEORGE PRENAIT MARLA DANS SES BRAS. JE ME DEMANDAI ALORS CE QUE C'ÉTAIT QUE D'ÊTRE TENUE AINSI.
ET D'UN COUP SES LÈVRES FURENT CONTRE LES MIENNES, ET ELLES ÉTAIENT CHAUDES ET DOUCES.
JE DÉTOURNAI LE REGARD, HONTEUSE D'AVOIR EU DE TELLES PENSÉES.
J'AVAIS TOUT JUSTE RÉUSSI À ME REMETTRE AU LIT ET À FERMER LES YEUX QUAND MARLA S'EST PRÉCIPITÉE DANS MA CHAMBRE, LE VISAGE ENCORE ROUGI.
OH, JOAN ! JE SUIS BIEN DÉSOLÉE DE TE RÉVEILLER, MAIS J'AI LA MEILLEURE DES NOUVELLES !
J'ENTENDIS LA PEUR DANS MA VOIX, ET ESPÉRAI QUE MARLA NE LA REMARQUE PAS.
IL... IL T'A DEMANDÉ DE L'ÉPOUSER ?
MAIS NON, BÉCASSE, C'EST BIEN TROP TÔT.
MAIS J'AI PARLÉ DE TOI À GEORGE, ET IL A DIT QU'IL AVAIT BESOIN D'UNE NOUVELLE SECRÉTAIRE AU BUREAU !
IL A AJOUTÉ QU'IL ADORERAIT T'EMBAUCHER !

LA POIGNE DE GEORGE ÉTAIT FIDÈLE À SA PERSONNE : VIGOUREUSE, MAIS ACCUEILLANTE. MALGRÉ MA NERVOSITÉ EN CE PREMIER JOUR, IL ME FACILITA LES CHOSES.
JE FUS RAPIDEMENT PLUS OCCUPÉE QU'UNE ABEILLE. JE SAVAIS QUE JE N'ÉTAIS PAS LA DACTYLO LA PLUS RAPIDE DU BUREAU, MAIS JE SAVAIS AUSSI QU'UN JOUR JE SURPASSERAIS TOUT LE MONDE !
SURTOUT SI ÇA ME PERMETTAIT D'AIDER GEORGE...
C'EST DE L'EXCELLENT TRAVAIL, MISS PETERSON. JE NE PENSAIS PAS VOIR CE DOSSIER SUR MON BUREAU AVANT DES JOURS. BRAVO !
OH, MERCI, M. HUFF. TOUT LE PLAISIR EST POUR MOI.
APPELEZ-MOI GEORGE, S'IL VOUS PLAÎT. JE SAIS QUE VOUS TRAVAILLEZ POUR MOI, MAIS NOUS SOMMES PLUS QU'UN PATRON ET SA SECRÉTAIRE, N'EST-CE PAS ?
À CES MOTS, MON CŒUR BONDIT HORS DE MA POITRINE JUSQUE DANS MA GORGE. JE NE PUS QU'ÉMETTRE UN SON.
OH.
VOUS SAVEZ, AVEC MARLA.
PUIS-JE ME PERMETTRE DE VOUS APPELER JOAN ?

MARLA ! BIEN SÛR, MARLA ! À QUOI PENSAIS-JE ? POURQUOI ÉTAIS-JE AUSSI NERVEUSE ? CE N'EST QUE MON PATRON ! RIEN DE PLUS.
POURTANT...
LES JOURS PASSANT, À CHAQUE FOIS QUE JE LE VOYAIS, JE NE POUVAIS M'EMPÊCHER DE RESSENTIR CETTE ÉMOTION GRANDIS-SANTE.
C'ÉTAIT COMME SI UNE CORDE NOUS RELIAIT TOUS LES DEUX. ET LORSQUE NOUS ÉTIONS SÉPARÉS, LA CORDE ME RAMENAIT À LUI. TOUT ÉTAIT SOUS TENSION.
LORSQUE NOUS ÉTIONS ENSEMBLE, LA CORDE SE RELÂCHAIT ET TOUT ALLAIT POUR LE MIEUX.
TOUT N'ÉTAIT QUE PERFECTION.
J'ESSAYAI AU MIEUX DE NE PAS Y PENSER. MAIS QUOI QUE JE FASSE, TOUT SEMBLAIT ME RAMENER DE NOUVEAU À GEORGE.
JE NE PEUX PAS VENIR JOUER CE SOIR, J'AI UN **GRAND** RENDEZ-VOUS.
AH ? JE SUIS **CENSÉE** REJOINDRE GEORGE AU BUREAU CE SOIR APRÈS SON ATTERRISSAGE, POUR TRAVAILLER SUR LE DOSSIER MILLER D'ICI DEMAIN.
JE NE **PENSAIS** PAS QU'IL AURAIT LE TEMPS DE SORTIR.
OH. IL NE S'AGIT PAS DE **GEORGE**, MAIS DE **JACK** !
UN TYPE TRÈS **ÉLÉGANT** QUE J'AI COMMENCÉ À FRÉQUENTER.
JE SORTIRAI AVEC **GEORGE** SAMEDI.

CETTE NUIT-LÀ, NOUS NOUS RETROUVÂMES SEULS AU TRAVAIL.
J'APPRÉCIE VRAIMENT QUE VOUS SOYEZ REVENUE AU BUREAU, MISS PETERSON.
VOUS ME SAUVEZ LA VIE.
NE VOUS SOUVENEZ-VOUS PAS ?
C'EST JOAN, MAINTENANT.
OUI... JE...
JOAN... MA JOAN...
ALORS QUE SES LÈVRES RENCONTRAIENT LES MIENNES, JE PENSAI QU'IL S'AGISSAIT D'UN AUTRE RÊVE ET ME LAISSAI PORTER, SACHANT QUE LE RÉVEIL VIENDRAIT BIENTÔT.
MAIS CE N'ÉTAIT QUE TROP RÉEL !
JE SUIS VRAIMENT DÉSOLÉ... JE N'AURAIS PAS DÛ...
QUEL IDIOT !
JE NE PUS FERMER L'ŒIL DE LA NUIT. LA CULPABILITÉ ET LE DÉSIR SUBMERGEAIENT MON ESPRIT. JE SAVAIS QU'IL N'Y AVAIT RIEN DE MAL ! TOUT COMME JE SAVAIS QUE J'AVAIS BESOIN DE PLUS !
OH, GEORGE ! GEORGE ! GEORGE !

LES JOURS PASSÈRENT, PUIS LES SEMAINES, PUIS LES MOIS. EXTÉRIEUREMENT, J'ÉTAIS UNE BONNE SECRÉTAIRE ET UNE PARFAITE COLOCATAIRE. INTÉRIEUREMENT, JE MOURAIS.
J'ADMIS FINALEMENT MA DÉFAITE. J'AVAIS AFFRONTÉ LA VILLE DU MIEUX QUE JE POUVAIS, ET LA VILLE AVAIT GAGNÉ. IL ÉTAIT TEMPS DE PLIER BAGAGES !
JOAN, QUE FAIS-TU ?
JE M'EN VAIS !
JE PENSAIS QUE JE DEVAIS VENIR ICI ! JE PENSAIS QUE JE POURRAIS ÉCHAPPER À MA DESTINÉE !
MAIS J'AVAIS TORT ! IL Y A DES ENDROITS AUXQUELS ON APPARTIENT, ET NOUS DEVONS Y RESTER !
MAIS TU NE PEUX PAS T'EN ALLER MAINTENANT, TU VAS MANQUER MON MARIAGE !
IL M'A ENFIN FAIT SA DEMANDE ! ET J'AI DIT OUI !
CE FUT LÀ LE COUP FINAL, QUI ME MIT À TERRE. MÊME SI JE BATTAIS EN RETRAITE, LES FORCES ENNEMIES CONTINUAIENT DE ME PIÉTINER.
C'EST INCROYABLE. JE VOUS SOUHAITE LE MEILLEUR, À TOI ET À GEORGE.
PUISSIEZ-VOUS CONNAÎTRE LE BONHEUR AUQUEL... SI PEU D'ENTRE NOUS ONT DROIT.
ET LÀ. ET LÀ ! ET LÀ !!!
GEORGE ? ON A ROMPU IL Y A DES SEMAINES. JE PENSE QU'IL EST AMOUREUX DE QUELQU'UN D'AUTRE.
NON, IL S'AGIT DE JACK ! C'EST UN SI BEL HOMME, JE N'ARRIVE PAS À CROIRE QUE JE VAIS ÊTRE SA FEMME !

LA GRANDE VILLE, C'EST DUR, NE LAISSEZ PERSONNE VOUS DIRE LE CONTRAIRE.
VOUS VOULIEZ ME VOIR, M. HUFF ?
JE VEUX DIRE GEORGE.
MAIS CE N'EST PAS PARCE QUE C'EST DUR QUE VOUS NE POUVEZ PAS FAIRE PREUVE D'ENCORE PLUS DE DURETÉ.
OUI, JOAN, J'AI QUELQUE CHOSE DE TRÈS IMPORTANT À VOUS DIRE.
CROYEZ-MOI. JE L'AI VÉCU.
VOUS NE POUVEZ PLUS ÊTRE MA SECRÉTAIRE !
OH NON !
ET J'AI ADORÉ ÇA.
CAR VOUS ALLEZ DEVENIR MA FEMME !
GEORGE ! MON GEORGE...

MÊME SI JE L'AIMAIS, JE NE POUVAIS RESTER. J'ÉTAIS LA JEUNE FILLE DE BONNE FAMILLE QUI ÉPOUSERAIT L'HOMME QUE SES PARENTS CHOISIRAIENT POUR ELLE. KIT N'ÉTAIT QU'UN CHANTEUR NEW-YORKAIS SANS LE SOU. JE SAVAIS QU'APRÈS ÇA JE DEVRAIS FUIR, MAIS IL FALLAIT D'ABORD QUE J'AIE...
UN DERNIER BAISER
C'EST LA FIN. IL FAUT QUE ÇA S'ARRÊTE. MAIS POURQUOI NE PUIS-JE PARTIR ?

JE SUIS NÉE ET J'AI GRANDI À CRESCENT CREEK, À UNE HEURE DE LA VILLE OÙ MON PÈRE TRAVAILLAIT TOUS LES JOURS.

JOAN PETERSON, PROMETTEZ-MOI *UNE CHOSE*.
OUI, PÈRE ?

JE N'ARRÊTE PAS D'ENTENDRE PARLER DE CES *VOYOUS* DU CENTRE-VILLE QUI *EXCITENT* TOUS LES GAMINS AVEC LEUR NOUVELLE MUSIQUE.
PROMETTEZ-MOI DE RESTER LOIN DE CETTE ENGEANCE.
OH, PÈRE. VOUS N'AVEZ *RIEN* À CRAINDRE.
POUR QUI ME PRENEZ-VOUS ?
BISOU
JE DÉTESTAIS MENTIR À MON PÈRE, MAIS JE NE POUVAIS ME RÉSOUDRE À LUI BRISER LE CŒUR EN LUI AVOUANT QUE JE M'ÉTAIS DÉJÀ ÉCLIPSÉE LA NUIT POUR ME RENDRE AU "CENTRE-VILLE".
IL NE COMPRENAIT PAS QUE DANS LE VILLAGE, ON SE LIBÉRAIT DE TOUTE CONTRAINTE, DE L'ARGENT ET...
ATTENDEZ.
CO BAR
GEORGE.
OÙ EST... ?

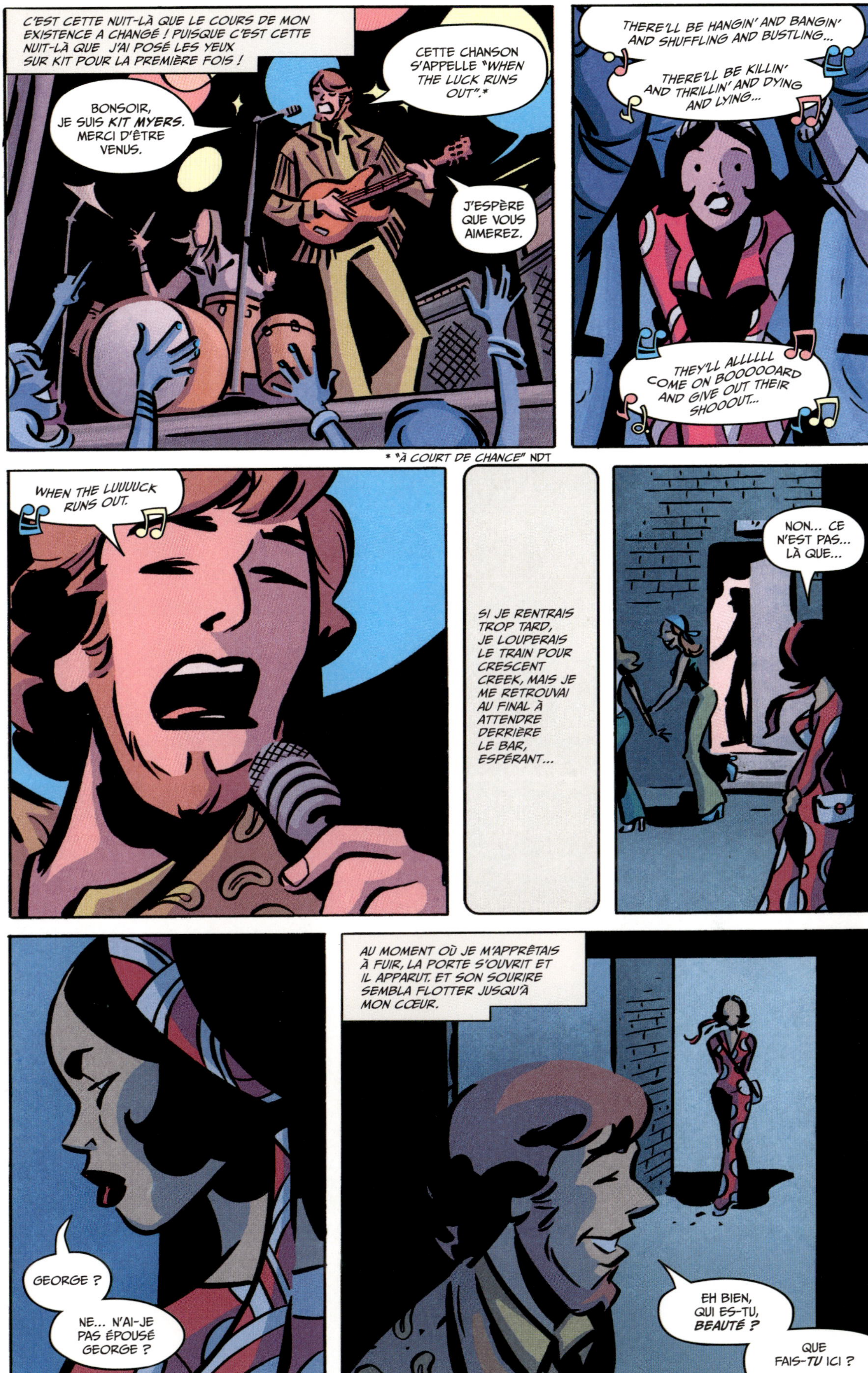
C'EST CETTE NUIT-LÀ QUE LE COURS DE MON EXISTENCE A CHANGÉ ! PUISQUE C'EST CETTE NUIT-LÀ QUE J'AI POSÉ LES YEUX SUR KIT POUR LA PREMIÈRE FOIS !
BONSOIR, JE SUIS KIT MYERS. MERCI D'ÊTRE VENUS.
CETTE CHANSON S'APPELLE "WHEN THE LUCK RUNS OUT".*
J'ESPÈRE QUE VOUS AIMEREZ.
THERE'LL BE HANGIN' AND BANGIN' AND SHUFFLING AND BUSTLING...
THERE'LL BE KILLIN' AND THRILLIN' AND DYING AND LYING...
THEY'LL ALLLLLL COME ON BOOOOOARD AND GIVE OUT THEIR SHOOOUT...
* "À COURT DE CHANCE" NDT
WHEN THE LUUUUCK RUNS OUT.
SI JE RENTRAIS TROP TARD, JE LOUPERAIS LE TRAIN POUR CRESCENT CREEK, MAIS JE ME RETROUVAI AU FINAL À ATTENDRE DERRIÈRE LE BAR, ESPÉRANT...
NON... CE N'EST PAS... LÀ QUE...
GEORGE ?
NE... N'AI-JE PAS ÉPOUSÉ GEORGE ?
AU MOMENT OÙ JE M'APPRÊTAIS À FUIR, LA PORTE S'OUVRIT ET IL APPARUT. ET SON SOURIRE SEMBLA FLOTTER JUSQU'À MON CŒUR.
EH BIEN, QUI ES-TU, BEAUTÉ ?
QUE FAIS-TU ICI ?

NOUS PARLÂMES TOUTE LA NUIT. IL ÉTAIT INSPIRANT ET INTÉRESSANT, À L'INVERSE DE TOUS CES HOMMES QUE L'ON RENCONTRE LE DIMANCHE AU COUNTRY CLUB DE CRESCENT CREEK PENDANT UNE PARTIE DE GOLF.
SI TU AVAIS LU KIERKEGAARD, TU SAURAIS QU'UN MONDE T'ATTEND SI TANT EST QUE TU DÉCIDES DE T'Y INVESTIR.
OH, WOAH. J'IRAI CLAIREMENT LIRE ÇA.
UNE NUIT PASSÉE ENSEMBLE ET NOUS NE FÎMES QUE PARLER. CE NE FUT QU'À LA LUEUR DU JOUR, LORSQUE LES TRAINS REPRIRENT, QU'IL ME SERRA ENFIN DANS SES BRAS ET QUE JE SENTIS SES LÈVRES CONTRE LES MIENNES.
OH, JOAN.
ELLES ÉTAIENT SI DIFFÉRENTES DE CELLES DE GEORGE.
ATTENDS. QUI EST CE GEORGE ? JE N'AI JAMAIS EMBRASSÉ GEORGE. JE N'AI PAS ÉPOUSÉ GEORGE.
NOUS ÉTIONS...
BILLET, M'DAME ?
JE...
VOTRE BILLET, M'DAME.
JUSQU'OÙ ALLEZ-VOUS ?
JE NE SUIS PAS AMOUREUSE DE GEORGE ! JE NE SAIS PAS QUI EST CE P#%#@ DE GEORGE !!
J'AIME KIT !!

JE COMMENÇAI À VOIR KIT À CHAQUE FOIS QUE JE POUVAIS QUITTER CRESCENT CREEK. NOUS ÉVOQUIONS NOS RÊVES ET NOS AMBITIONS.
JE NE VEUX PAS D'UNE VIE FACTICE, JOAN. JE VEUX AVOIR UN IMPACT, TU CAPTES ?
TOUT PAREIL POUR MOI.
BIENTÔT, JE ME RENDIS À TOUS SES CONCERTS. J'ADMIRAIS SA CAPACITÉ À **HABITER** SA MUSIQUE ET SES TEXTES.
QU'IMPORTE QU'IL NE SOIT PAS RICHE, QU'IL NE SOIT PAS ORIGINAIRE DU **CONNECTICUT** ET QUE **PAPA** NE L'APPROUVE PAS !
IL ÉTAIT SINCÈRE, HONNÊTE. ET C'ÉTAIT LE PLUS IMPORTANT.
JE N'AI *JAMAIS* RESSENTI ÇA AVANT, JOAN. JE N'AI JAMAIS *DIT* ÇA AVANT. JOAN, JE T'AIME.
KIT. *OH*, MON KIT. MOI AUSSI JE *T'AIME* !
LES JOURS PASSÈRENT SANS QUE JE PENSE À GEORGE OU À MARLA OU AU BUREAU OU À L'APPARTEMENT OU À L'INDIANA OU...

PUIS VINT LA NUIT OÙ TOUT CHANGEA.
IL Y A QUELQUE CHOSE QUE JE DOIS TE DEMANDER, JOAN. QUELQUE CHOSE D'IMPORTANT.
TU SAIS À QUEL POINT JE T'AIME, GEORGE. TU PEUX TOUT ME DEMANDER.
JOAN ?!
PÈRE ! ATTENDEZ, NON. JE PEUX EXPLIQUER...
NOUS PARLERONS DE CECI À LA MAISON, JEUNE FILLE !
POUR L'INSTANT, VOUS ALLEZ SOUHAITER BONNE NUIT À VOTRE... AMI, ET VOUS ALLEZ PRENDRE LE TRAIN AVEC MOI ! MAINTENANT !
QUI... ?
OH NON !
C'EST QUI, GEORGE ?
PÈRE ET MOI NOUS DISPUTÂMES DURANT DES HEURES CETTE NUIT-LÀ. JE LUI DIS QUE J'AIMAIS KIT, MAIS IL NE PUT L'ENTENDRE. IL USA D'UN TON QUE JE NE LUI AVAIS JAMAIS ENTENDU.
J'AI DES ESPOIRS POUR VOUS ! DE GRANDS ESPOIRS ! ET JE VOUS RETROUVE DANS LE VILLAGE AVEC CETTE PETITE VERMINE DE CHANTEUR. NE VOYEZ-VOUS PAS CE QUE VOUS FAITES ? VOUS RUINEZ VOTRE VIE !
J'ALLAI AU LIT EN LARMES, SACHANT QUE JE NE REVERRAIS PLUS JAMAIS GEORGE.
NON, JE VEUX DIRE... JE... JE VEUX DIRE QUE J'ALLAI AU LIT EN LARMES, SACHANT QUE JE NE REVERRAIS PLUS JAMAIS KIT. KIT. PAS GEORGE.
JE NE CONNAIS PAS DE GEORGE.

LE JOUR SUIVANT, AU PETIT DÉJEUNER, JE M'ÉTAIS RÉSOLUE À DIRE À MON PÈRE QUE J'EN AVAIS FINI AVEC KIT, QUE J'EN AVAIS FINI AVEC L'AMOUR, MAIS QUAND J'OUVRIS LA BOUCHE, LES MOTS SORTIRENT D'EUX-MÊMES !
PÈRE, JE SAIS QUE JE VOUS AI DÉÇU, MAIS IL FAUT QUE VOUS COMPRENIEZ QUE JE SUIS AMOUREUSE...
Ding Ding
J'ESPÉRAIS QU'UNE BONNE NUIT DE SOMMEIL VOUS REMETTRAIT LES IDÉES EN PLACE, JOAN.
JE NE SAIS PAS QUI EST À LA PORTE, MAIS UNE FOIS QUE CETTE PERSONNE SERA PARTIE, NOUS REPRENDRONS CETTE CONVERSATION ET NOUS PARLERONS DE VOTRE HÉRITAGE !
L'AMOUR, L'AMOUR, L'AMOUR. QU'EST-CE QU'ILS Y CONNAISSENT, LES JEUNES, EN...
... AMOUR ?
BONJOUR, M. PETERSON. JE SUIS KIT HARRIS, VOUS DEVEZ CONNAÎTRE MON PÈRE.
JE SUIS VENU DEMANDER QUELQUE CHOSE À VOTRE FILLE.
VOUS... VOUS ÊTES... LE FILS DE MITT HARRIS ? MITT HARRIS, MON COLLÈGUE ?
C'EST LE MEILLEUR HOMME QUE JE CONNAISSE !

MÊME S'IL PARLAIT À MON PÈRE, LE REGARD DE KIT SE POSA SUR MOI.
OUI. JE N'AIME PAS PARLER DE MON PÈRE AUX GENS, J'AI PEUR QU'ILS ME JUGENT À L'AUNE DE L'ENFANCE QUE J'AI EUE OU DE LA MAISON DANS LAQUELLE JE VIS.
JE VEUX QUE LES GENS ME VOIENT TEL QUE *JE* SUIS.
TEL QUE *JOAN* ME VOIT.
JE SUIS DÉSOLÉ DE NE PAS TE L'AVOIR DIT. J'AI ÉTÉ *LÂCHE*. J'AVAIS PEUR QUE TU NE M'AIMES PAS, ET J'AVAIS PEUR... QUE TU NE... EH BIEN, QUE TU N'ACCEPTES PAS DE DEVENIR MA FEMME !
IL ÉTAIT LÀ, L'INSTANT QUE J'AVAIS ATTENDU TOUTE MA VIE, L'HOMME DONT DONT J'AVAIS BESOIN, L'HOMME DONT LES BRAS, LES LÈVRES, LA VIE...
OH, *KIT*, TU SAIS QU'AVEC MOI...
... TU NE SERAS *JAMAIS* À COURT DE CHANCE !
ET CE N'ÉTAIT QU'UN P#%@% DE MENSONGE.
LE FILS DE MITT HARRIS ! *HA !* EH BIEN, QUE JE SOIS DAMNÉ...

DEPUIS QUE NOUS ÉTIONS TOUT PETITS, JE SAVAIS QUE J'ÉPOUSERAIS CHAD HESTLE, LE FILS DU SHÉRIF DE LA VILLE. C'ÉTAIT MON DESTIN ET J'ÉTAIS HEUREUSE DE L'EMBRASSER. MAIS UN JOUR MON PÈRE EMBAUCHA UN NOUVEAU BRAS DROIT À LA FERME, BILL HARPER, ET JE SENTIS D'UN COUP QUE LE DESTIN AVAIT D'AUTRES PROJETS POUR MOI. ET QUE PEUT-ÊTRE IL FALLAIT QU'IL Y AIT UN...
Combat POUR L'AMOUR
NON ! CHAD ! BILL ! ILS VONT S'ENTRETUER ! JE DOIS EN AIDER UN ! MAIS LEQUEL ?!

C'ÉTAIT UNE JOURNÉE BANALE DANS NOTRE HUMBLE RANCH DE MARICOPA. JE FERAIS LE MÉNAGE, LA CUISINE, PUIS J'IRAIS CAVALER DANS LA PLAINE POUSSIÉREUSE.
JOAN ! JOAN, MA PUCE. IL Y A QUELQU'UN ICI QUE TU DOIS RENCONTRER !
UNE JOURNÉE BANALE.
JOAN, VOICI BILL HARPER. C'EST NOTRE NOUVEL ASSISTANT AU RANCH. BILL, VOICI MA FILLE, MISS JOAN PETERSON...
... QUI SERA BIENTÔT MADAME JOAN HESTLE. DÈS QUE CE BON VIEUX CHAD S'Y METTRA.
B'JOUR, M'DAME. UN PLAISIR DE VOUS RENCONTRER.
UNE JOURNÉE BANALE.
JE... QUE...
GEORGE... QU'EST-IL ARRIVÉ À GEORGE... ET KIT, IL Y AVAIT... ET KIT, ALORS ?
IL CHANTE TOUJOURS ?!
UNE JOURNÉE BANALE.
JOAN, JE NE COMPRENDS PAS GRAND-CHOSE À TON VERBIAGE, MA CHÉRIE.
LUI, C'EST BILL. JE NE CONNAIS AUCUN GEORGE NI AUCUN KIT. QU'EST-CE QUI T'ARRIVE, MA PUCE ?
UNE JOURNÉE BANALE.
EST-CE QUE JE PEUX VOUS AIDER À FAIRE QUOI QUE CE SOIT, M'DAME ?
UNE FILLE AUSSI BIEN FAITE ET JOLIE QUE VOUS NE DEVRAIT PAS CROULER SOUS LES TÂCHES, ALORS QUE JE SUIS LÀ.
UNE JOURNÉE BANALE.
JE PEUX VOIR POURQUOI CE CHAD S'EST ENTICHÉ DE VOUS.
JE NE PEUX PAS DIRE QUE JE NE SUIS PAS JALOUX.

LAISSEZ-MOI TRANQUILLE !
JOAN ?
J'AI ENTENDU DIRE QUE VOUS AVIEZ UN NOUVEL ASSISTANT, ET J'AI PENSÉ QUE VOUS VOUDRIEZ PEUT-ÊTRE FAIRE UNE BALADE AVEC MOI, JOAN.
Z'AVEZ BIEN ENTENDU, JOAN ? J'AI PENSÉ QUE VOUS ET MOI, ON POURRAIT PARTIR EN BALADE, CAR PEUT-ÊTRE QUE J'AI UNE QUESTION TRÈS SPÉCIALE À VOUS POSER...
JOAN ?
JOAN, QUELQUE CHOSE NE VA PAS ?
JOAN ?!
JOAN, OÙ FUYEZ-VOUS ?!

JE CAVALAI SANS BUT, ET JE CAVALAI LOIN.

JE ME FOCALISAI SUR LA ROUTE QUI S'ÉTENDAIT DEVANT MOI, POURTANT MES PENSÉES NE CESSAIENT DE REVENIR VERS GEORGE, VERS KIT, VERS BILL, VERS CHAD...

IL M'APPARUT ALORS QUE MA VIE ÉTAIT LE POINT DE CONVER-GENCE DE L'EXISTENCE DE TROIS FEMMES. ELLES SE REJOIGNAIENT EN CE POINT COMME AUTANT DE RUISSEAUX PLONGEANT DANS UNE RIVIÈRE.
JE SENTIS QUE J'ÉTAIS TOMBÉE DANS CETTE EAU, QU'ELLE ME RECOUVRAIT, ET QUAND J'OUVRIS LA BOUCHE POUR HURLER, L'EAU RENTRA ET JE SUS QUE JE M'ÉTAIS NOYÉE.

DES JOURS ET DES NUITS PASSÈRENT, JE NE SAIS PLUS COMBIEN.
JE NE RENCONTRAI PERSONNE ET CONTINUAI DE CAVALER.

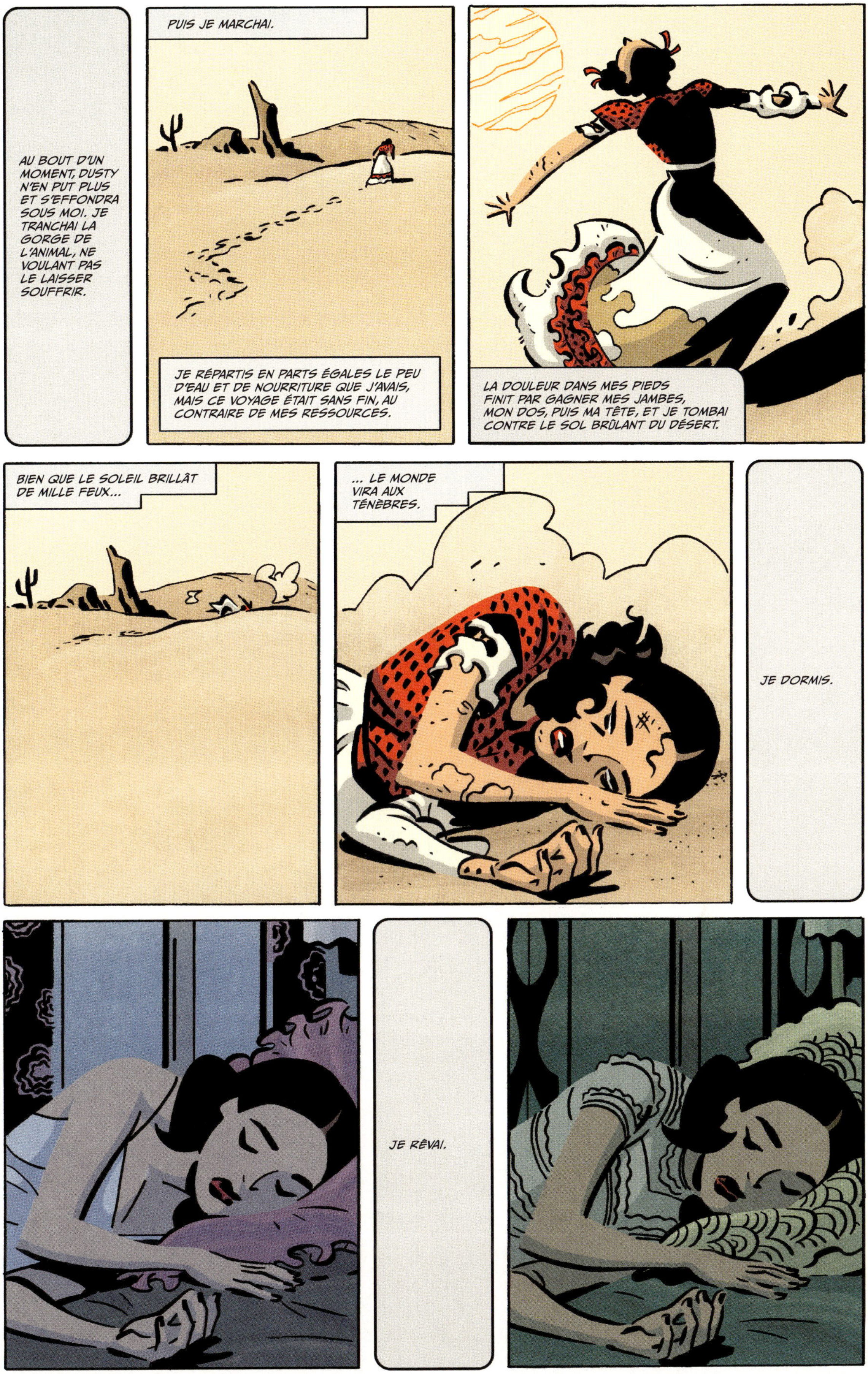
AU BOUT D'UN MOMENT, DUSTY N'EN PUT PLUS ET S'EFFONDRA SOUS MOI. JE TRANCHAI LA GORGE DE L'ANIMAL, NE VOULANT PAS LE LAISSER SOUFFRIR.
PUIS JE MARCHAI.
JE RÉPARTIS EN PARTS ÉGALES LE PEU D'EAU ET DE NOURRITURE QUE J'AVAIS, MAIS CE VOYAGE ÉTAIT SANS FIN, AU CONTRAIRE DE MES RESSOURCES.
LA DOULEUR DANS MES PIEDS FINIT PAR GAGNER MES JAMBES, MON DOS, PUIS MA TÊTE, ET JE TOMBAI CONTRE LE SOL BRÛLANT DU DÉSERT.
BIEN QUE LE SOLEIL BRILLÂT DE MILLE FEUX...
... LE MONDE VIRA AUX TÉNÈBRES.
JE DORMIS.
JE RÊVAI.

QUAND JE ME RÉVEILLAI, J'ÉTAIS PRÈS D'UN FEU, ALLONGÉE SUR UNE ÉPAISSE COUVERTURE. DES ARBRES M'ENTOURAIENT. JE NE ME RAPPELAIS PAS AVOIR VU UN SEUL ARBRE DEPUIS DES JOURS.
ET JE N'ÉTAIS PAS SEULE.
Z'ÊTES JOAN PETERSON ?
JE NE VOUS CONNAIS PAS.
VOUS SORTEZ D'OÙ COMME ÇA ?
J'AI UN MESSAGE POUR UNE CERTAINE MISS JOAN PETERSON.
SI VOUS POUVEZ ME CONFIRMER QU'IL S'AGIT BIEN DE VOTRE SOBRIQUET, JE DÉLIVRERAI JOYEUSEMENT CE MESSAGE ET REPRENDRAI MON CHEMIN.
BIEN, JE SUIS JOAN PETERSON.
QUEL EST VOTRE FOUTU MESSAGE ?

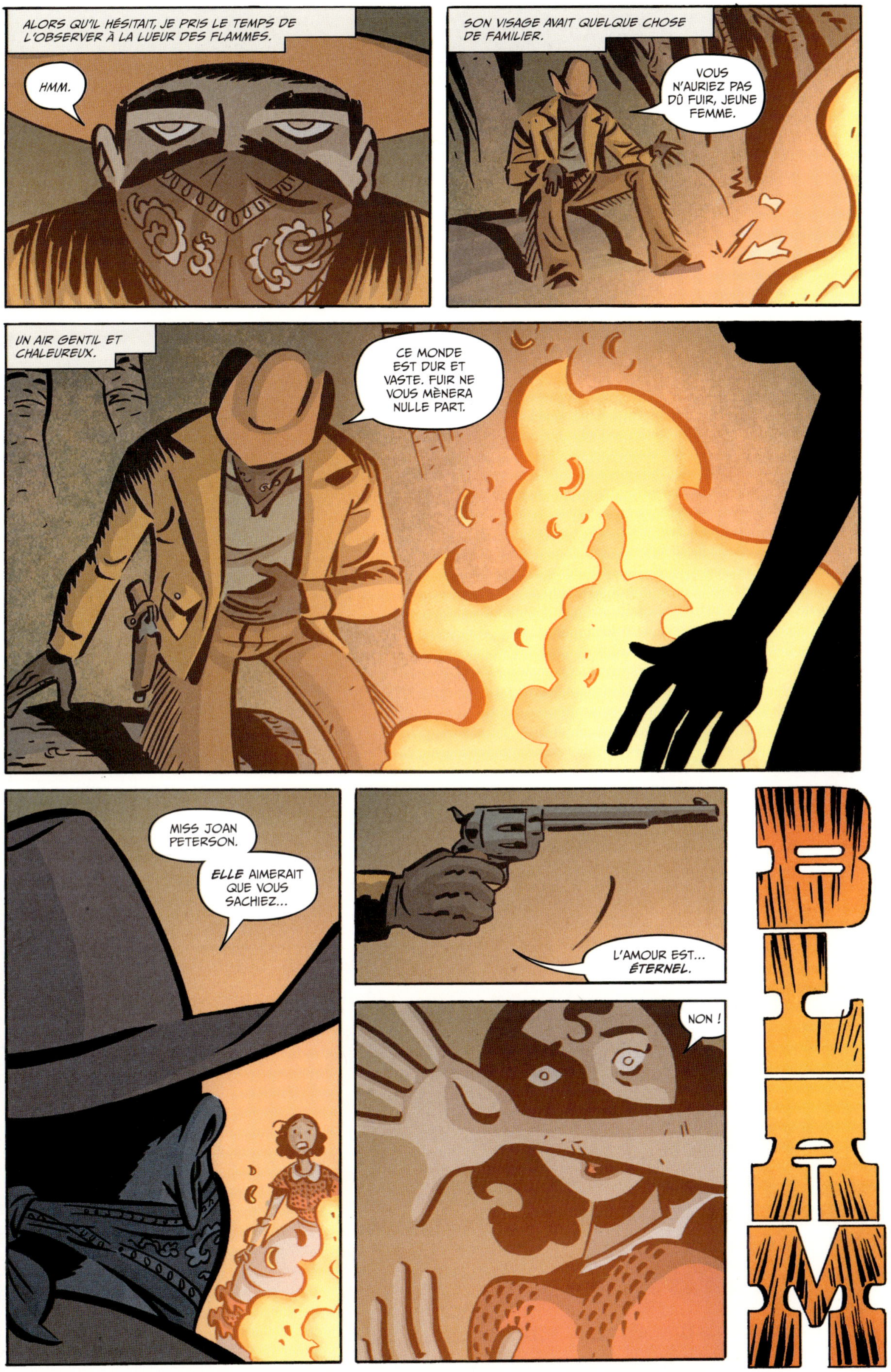
ALORS QU'IL HÉSITAIT, JE PRIS LE TEMPS DE L'OBSERVER À LA LUEUR DES FLAMMES.
HMM.
SON VISAGE AVAIT QUELQUE CHOSE DE FAMILIER.
VOUS N'AURIEZ PAS DÛ FUIR, JEUNE FEMME.
UN AIR GENTIL ET CHALEUREUX.
CE MONDE EST DUR ET VASTE. FUIR NE VOUS MÈNERA NULLE PART.
MISS JOAN PETERSON.
ELLE AIMERAIT QUE VOUS SACHIEZ...
L'AMOUR EST... ÉTERNEL.
NON !
BLAM

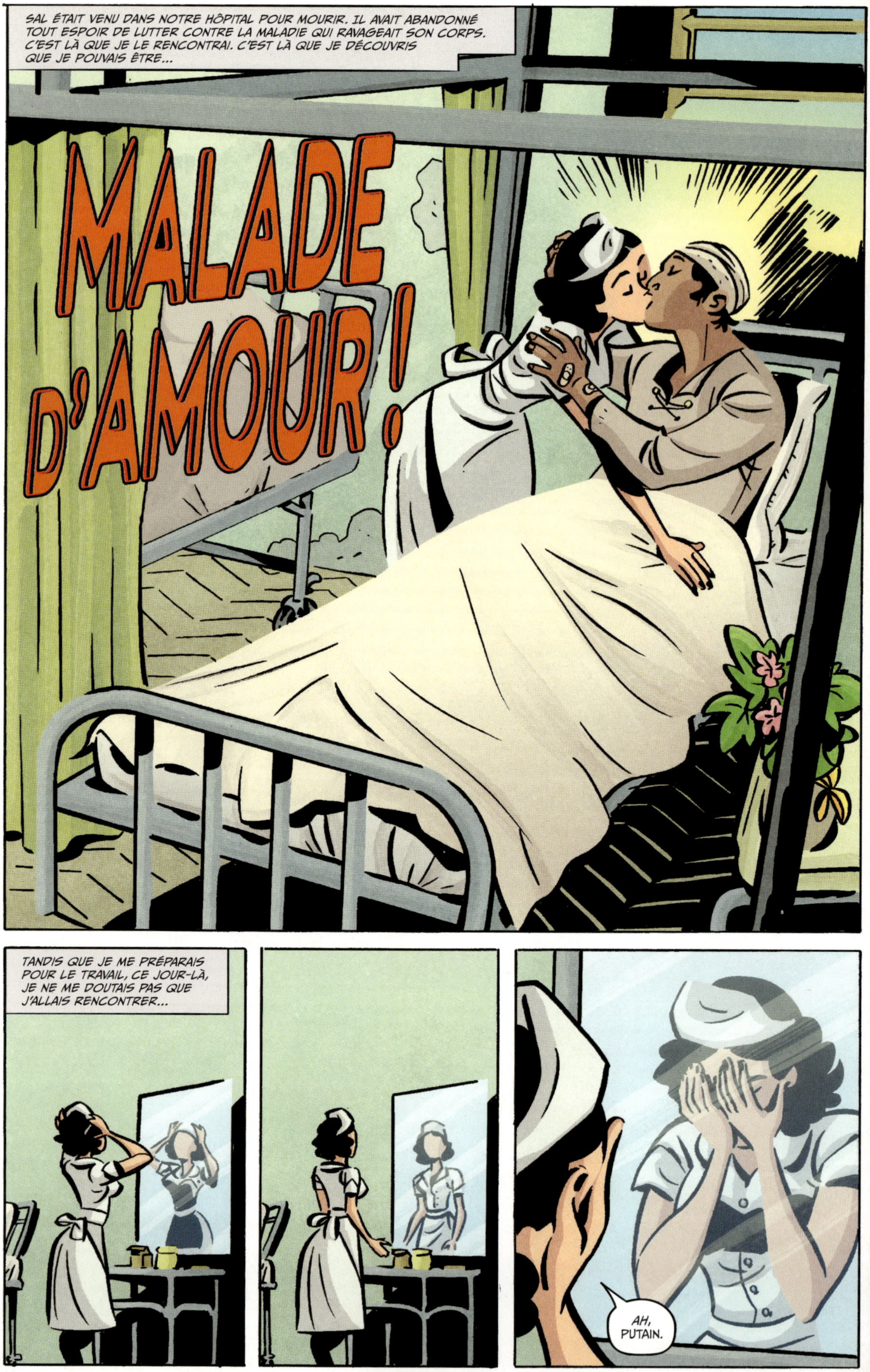
SAL ÉTAIT VENU DANS NOTRE HÔPITAL POUR MOURIR. IL AVAIT ABANDONNÉ TOUT ESPOIR DE LUTTER CONTRE LA MALADIE QUI RAVAGEAIT SON CORPS. C'EST LÀ QUE JE LE RENCONTRAI. C'EST LÀ QUE JE DÉCOUVRIS QUE JE POUVAIS ÊTRE...
MALADE D'AMOUR !
TANDIS QUE JE ME PRÉPARAIS POUR LE TRAVAIL, CE JOUR-LÀ, JE NE ME DOUTAIS PAS QUE J'ALLAIS RENCONTRER...
AH, PUTAIN.

CHAPITRE 2
ROGER, I LOVE YOU! BUT AT SOME POINT LOVE HAS TO DIE! AND SO DO YOU!
JOAN! MY DARLING! NO, PLEASE! WHAT ARE YOU DOING?!

J'ÉTAIS LA FILLE DE LA GOUVERNANTE. LUI ÉTAIT LE FILS DU MAÎTRE DE MAISON. NOUS ÉTIONS SÉPARÉS PAR NOTRE RANG ET NOTRE RICHESSE. POURTANT NOUS ÉTIONS LIÉS L'UN À L'AUTRE PAR UNE CHOSE...
LA CHASSE À L'AMOUR !
Chapitre 1
JOAN, MON AMOUR, PAR PITIÉ ! NE VOYEZ-VOUS PAS QUE RIEN D'AUTRE NE COMPTE ? NI MON PÈRE ! NI MA POSITION ! NI CETTE MAISON !
LA SEULE CHOSE QUI COMPTE... C'EST VOUS !
TOUTES CES ANNÉES ! C'EST CE QUE J'AI TOUJOURS VOULU ENTENDRE ! MAIS JE SAIS QUE TOUT CECI N'EST QU'UN MENSONGE, MÊME S'IL CROIT DIRE LA VÉRITÉ !

VOICI L'ABBAYE QUI M'A VUE NAÎTRE ET DANS LAQUELLE J'AI ÉTÉ ÉLEVÉE.
MODESTEMENT CONNUE SOUS LE NOM DE HILL HOUSE, ELLE TRÔNE SUR UN TERRAIN S'ÉTENDANT SUR DES CENTAINES D'HECTARES ET A ABRITÉ DES GÉNÉRATIONS DE NOBLES, DE SIRES ET DE DAMES DE LA LIGNÉE DES WESTSHIRE.
CETTE MAISON FUT LA MIENNE ET SERA TOUJOURS LA MIENNE, MAIS JE N'ÉTAIS PAS MOI-MÊME ISSUE D'UNE SI HAUTE LIGNÉE. JE N'ÉTAIS QUE LA FILLE DE LA GOUVERNANTE, QUAND BIEN MÊME J'ÉTAIS FIÈRE DE L'ÊTRE.
MA JOLIE PETITE FILLE. REGARDE-TOI, TU RESSEMBLES À MA PROPRE MÈRE. C'EST COMME VOYAGER DANS LE TEMPS, N'EST-CE PAS ?
NOUS ALLONS DEVOIR T'APPELER **JOAN**. JE NE VOIS PAS D'AUTRE CHOIX.
PENDANT CE TEMPS, LE MÊME JOUR, À LA MÊME HEURE, QUELQUES ÉTAGES PLUS HAUT, LADY DE WESTSHIRE MIT AU MONDE SON PREMIER-NÉ, L'HÉRITIER DES TERRES ET DU FOYER.
ET VOILÀ. UN GARÇON, COMME PROMIS.
NOTRE **ROGER**. LE FUTUR ROGER.
TU HÉRITERAS DE TOUT, MON ENFANT. UNE VIE EXTRAORDINAIRE T'ATTEND.

LA LADY ÉTAIT GENTILLE, ET ELLE AUTORISA MA MÈRE À M'AVOIR AUPRÈS D'ELLE TANDIS QU'ELLE S'OCCUPAIT DU JEUNE SIRE ROGER.
DANS CE CONTEXTE, NOUS FÎMES NOS PREMIERS PAS ENSEMBLE.
NOUS ÉCHANGEÂMES NOS PREMIERS MOTS.
NOUS APPRÎMES À JOUER ENSEMBLE.
NOUS APPRÎMES À RIRE ENSEMBLE.
ET OUI, MALGRÉ LES REMONTRANCES DE MA MÈRE, NOUS APPRÎMES ENSEMBLE COMMENT NOUS BATTRE.
ET... COMMENT AIMER !

NOTRE PREMIER BAISER...
ROGER ! AUJOURD'HUI J'AI 14 ANS ET VOUS AVEZ AUSSI 14 ANS, ALORS NOUS DEVONS NOUS EMBRASSER !
TRÈS BIEN.
EH BIEN...
IL FUT PARTAGÉ.
HAHAHAHAHAHAHAHA
ET CE FUT DÉLICIEUX.

MALGRÉ TOUT, ALORS QUE LES ANNÉES PASSAIENT, NOUS APPRÎMES RAPIDEMENT QUE MÊME SI NOUS ÉTIONS NÉS DANS LE MÊME ILLUSTRE MANOIR...
... NOUS VIVIONS DANS DEUX MONDES DISTINCTS.
JOAN !
BONJOUR, ROGER.
AIMEZ-VOUS MON NOUVEL HABIT ? LE ROI M'A FAIT PRÉSENT DE BOTTES POUR MON ANNIVERSAIRE. ACCOMPAGNÉES D'UNE NOTE BIEN AIMABLE ME SOUHAITANT LE MEILLEUR.
AUJOURD'HUI, PÈRE M'EMMÈNE CHASSER POUR LA PREMIÈRE FOIS. N'EST-CE PAS EXCITANT, JOAN ?
OH, C'EST FANTASTIQUE, ROGER. JE PARIE QUE VOUS ATTRAPEREZ 40 FAISANS ! AU MOINS !
J'AIMERAIS QUE VOUS PUISSIEZ M'ACCOMPAGNER, VRAIMENT. J'AI TELLEMENT L'HABITUDE DE VOUS AVOIR À MES CÔTÉS. RIEN NE SEMBLE NORMAL EN VOTRE ABSENCE.
NE DITES PAS DE SOTTISES.
ANGELICA EST MALADE ET JE DOIS PRÉPARER LES RIDEAUX DU GRAND HALL TOUTE SEULE.
CELA PRENDRA DES HEURES. NON PAS...
MAIS J'ADORERAIS APPRENDRE UN JOUR. J'ADORERAIS APPRENDRE À TIRER COMME VOUS.
J'ADORERAIS... J'ADORERAIS QUE VOUS M'APPRENIEZ.
VOUS LE FEREZ. N'EST-CE PAS, ROGER ? PAR PITIÉ, PROMETTEZ-LE-MOI.

LA JOURNÉE CONTINUA DE SE DÉROULER ET NOUS ALLÂMES À LA RENCONTRE DES OBLIGATIONS QUI NOUS AVAIENT ÉTÉ ASSIGNÉES À LA NAISSANCE.
ROGER ALLA DE SON CÔTÉ.
ALLEZ, CHESTER, EN AVANT MON VIEUX. LA GLOIRE NOUS ATTEND.
ET J'ALLAI DU MIEN.
MAIS QUE TU ES SALE ! COMMENT T'A-T-ON TRAITÉ POUR QUE TU SOIS DANS CET ÉTAT ?
LES ANNÉES PASSÈRENT, ET ON ME CONFIA UN POSTE PERMANENT. MA MÈRE RACONTA À TOUT LE MONDE QUE J'ÉTAIS BÉNIE, DESTINÉE À DEVENIR LA GARDIENNE DE HILL HOUSE.
CELA SEMBLAIT INIMAGINABLE.
ROGER ÉTAIT DE PLUS EN PLUS CONFIANT (ET DE PLUS EN PLUS FRINGANT !) CHAQUE JOUR QUI PASSAIT.
SA RÉPUTATION SANS FAILLE D'HOMME D'AMBITION ET DE COURAGE SE RÉPANDIT À TRAVERS TOUT LE PAYS, ET LES POTINS ALLAIENT BON TRAIN : QUI SERAIT L'HEUREUSE ÉLUE QUI FINIRAIT PAR S'ATTIRER SES FAVEURS ?
BIENTÔT, LA LADY ARRANGEA DES RENCONTRES AVEC DES DOUZAINES DE FILLES ISSUES DES MEILLEURES FAMILLES DU PAYS, POUR QU'ELLES VIENNENT À HILL HOUSE ET RENCONTRENT MON ROGER.
SON ROGER, JE VEUX DIRE.
BIEN SÛR QUE C'EST CE QUE JE VEUX DIRE. QUELLE IDIOTE JE SUIS.

MAIS ENCORE UNE FOIS...
JOAN...
ROGER ?
JOAN, JE... JE ME DEMANDAIS... EH BIEN, JE SUIS DÉSOLÉ DE...
MAIS... MAIS VOYEZ-VOUS... JE... JE ME RAPPELLE... VOUS AVOIR *PROMIS* DE... IL Y A QUELQUE TEMPS... TROP LONGTEMPS, OUI... J'AVAIS DIT... SI VOUS... SI VOUS Y AVEZ PENSÉ...
EH BIEN, J'AI UN PEU DE TEMPS ET... ET JE ME SUIS DIT QUE NOUS POURRIONS PEUT-ÊTRE...
EST-CE QUE TOUT VA BIEN, ROGER ?
VOUS SEMBLEZ AGITÉ.
JOAN, VOUDRIEZ-VOUS... POURRIEZ-VOUS...
JE... JE SERAIS RAVI DE POUVOIR VOUS MONTRER COMMENT TIRER. LE FAIRE *MAINTENANT*, À VRAI DIRE.
VOUS DISIEZ *VOULOIR* APPRENDRE, JOAN, N'EST-CE PAS ?
OH OUI, GRANDEMENT.
JOIE ! QUE...
QUELLE *JOIE !*

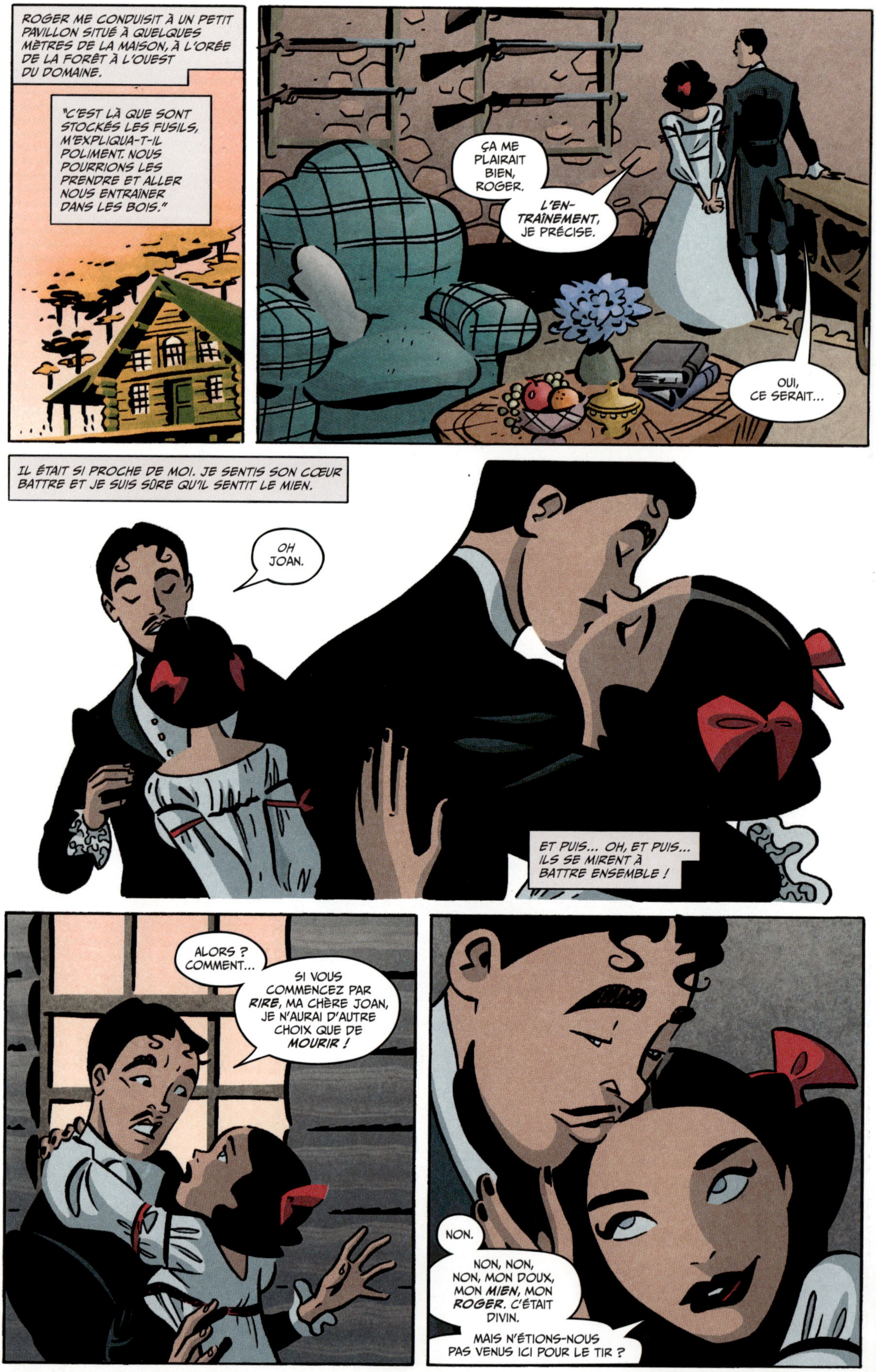

ROGER ME CONDUISIT À UN PETIT PAVILLON SITUÉ À QUELQUES MÈTRES DE LA MAISON, À L'ORÉE DE LA FORÊT À L'OUEST DU DOMAINE.
"C'EST LÀ QUE SONT STOCKÉS LES FUSILS, M'EXPLIQUA-T-IL POLIMENT. NOUS POURRIONS LES PRENDRE ET ALLER NOUS ENTRAÎNER DANS LES BOIS."
ÇA ME PLAIRAIT BIEN, ROGER.
L'EN-TRAÎNEMENT, JE PRÉCISE.
OUI, CE SERAIT...
IL ÉTAIT SI PROCHE DE MOI. JE SENTIS SON CŒUR BATTRE ET JE SUIS SÛRE QU'IL SENTIT LE MIEN.
OH JOAN.
ET PUIS... OH, ET PUIS... ILS SE MIRENT À BATTRE ENSEMBLE !
ALORS ? COMMENT...
SI VOUS COMMENCEZ PAR RIRE, MA CHÈRE JOAN, JE N'AURAI D'AUTRE CHOIX QUE DE MOURIR !
NON.
NON, NON, NON, MON DOUX, MON MIEN, MON ROGER. C'ÉTAIT DIVIN.
MAIS N'ÉTIONS-NOUS PAS VENUS ICI POUR LE TIR ?

SES LÈVRES CONTRE LES MIENNES, J'AURAIS DÛ ME SENTIR EN SÉCURITÉ. COMME SI TOUS LES PROBLÈMES D'HIER N'ÉTAIENT QUE DES BULLES DE SAVON QUE NOUS ÉCLATIONS SANS MAL ALORS QUE NOUS APPROCHIONS DE NOTRE BONHEUR ÉTERNEL. AU LIEU DE ÇA, JE SUS QUE NOUS N'ÉTIONS QU'AU DÉBUT DE...
LA CHASSE À L'AMOUR !
Chapitre 2
ROGER ! MON FILS ! MON GARÇON !
COMMENT POUVEZ-VOUS FAIRE HONTE À VOTRE FAMILLE AINSI ? COMMENT POUVEZ-VOUS TRAHIR CE QUE VOUS ÊTES ?

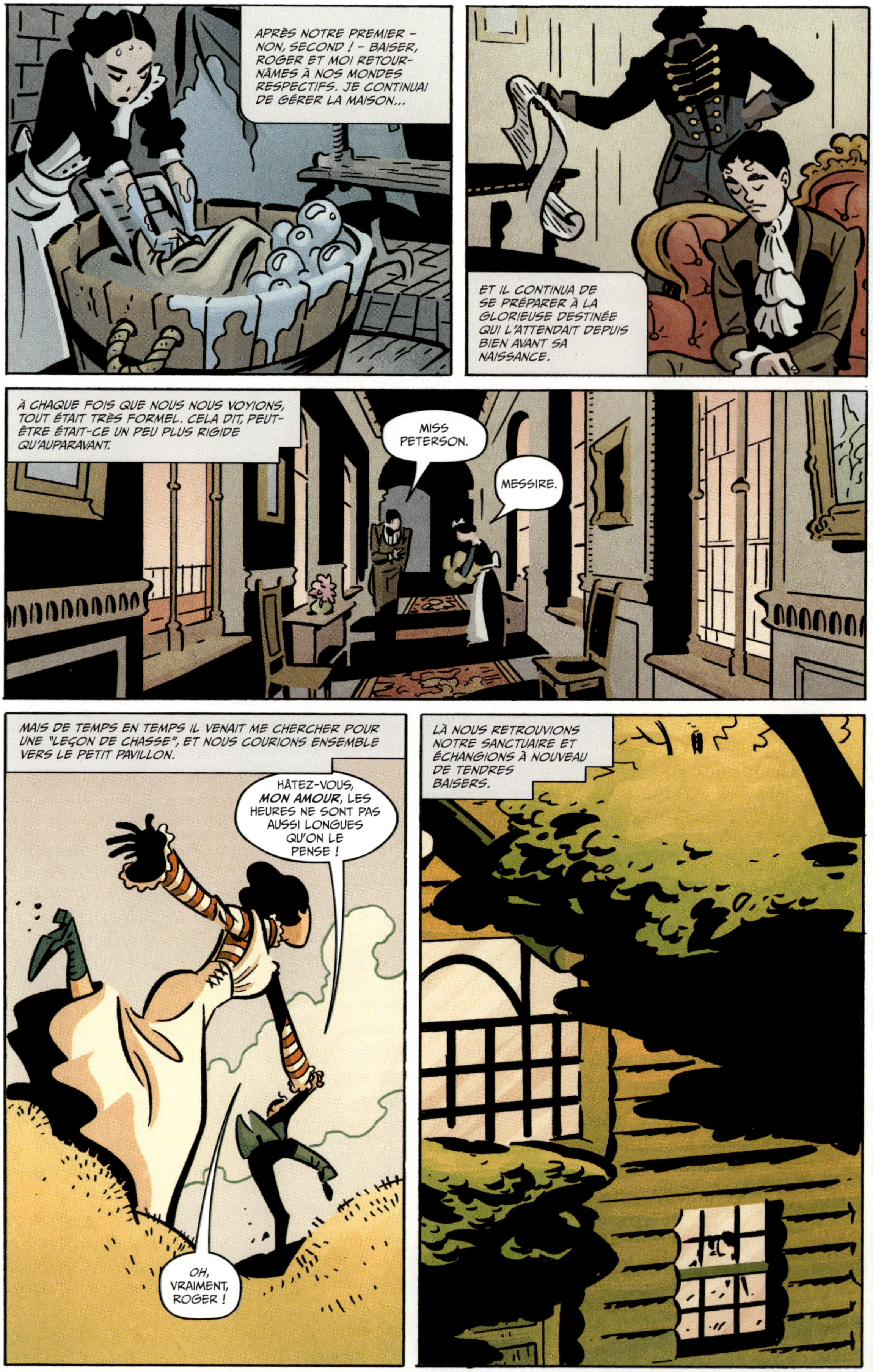
APRÈS NOTRE PREMIER – NON, SECOND ! – BAISER, ROGER ET MOI RETOURNÂMES À NOS MONDES RESPECTIFS. JE CONTINUAI DE GÉRER LA MAISON...
ET IL CONTINUA DE SE PRÉPARER À LA GLORIEUSE DESTINÉE QUI L'ATTENDAIT DEPUIS BIEN AVANT SA NAISSANCE.
À CHAQUE FOIS QUE NOUS NOUS VOYIONS, TOUT ÉTAIT TRÈS FORMEL. CELA DIT, PEUT-ÊTRE ÉTAIT-CE UN PEU PLUS RIGIDE QU'AUPARAVANT.
MISS PETERSON.
MESSIRE.
MAIS DE TEMPS EN TEMPS IL VENAIT ME CHERCHER POUR UNE "LEÇON DE CHASSE", ET NOUS COURIONS ENSEMBLE VERS LE PETIT PAVILLON.
HÂTEZ-VOUS, **MON AMOUR**, LES HEURES NE SONT PAS AUSSI LONGUES QU'ON LE PENSE !
OH, VRAIMENT, ROGER !
LÀ NOUS RETROUVIONS NOTRE SANCTUAIRE ET ÉCHANGIONS À NOUVEAU DE TENDRES BAISERS.

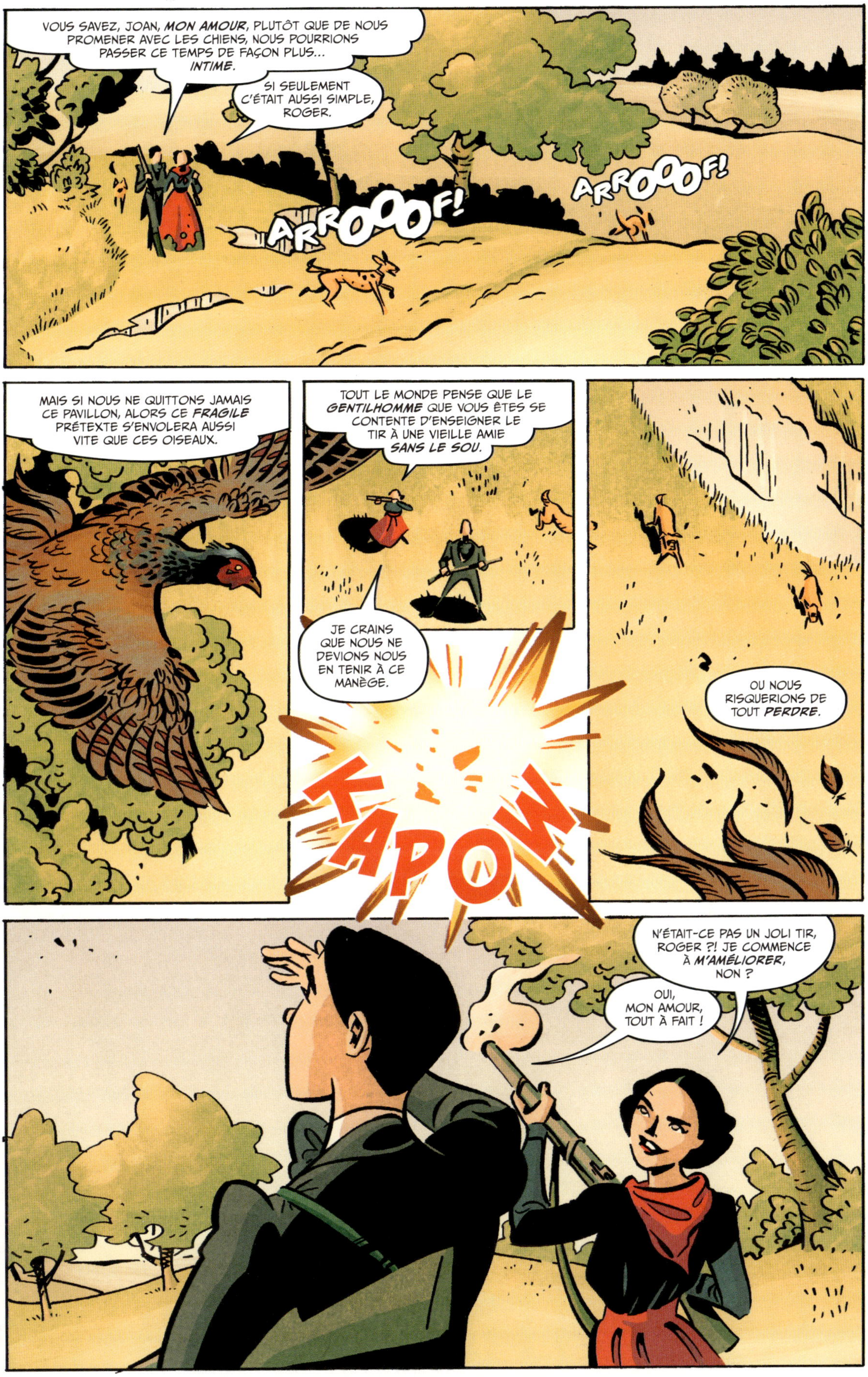
VOUS SAVEZ, JOAN, MON AMOUR, PLUTÔT QUE DE NOUS PROMENER AVEC LES CHIENS, NOUS POURRIONS PASSER CE TEMPS DE FAÇON PLUS... INTIME.
SI SEULEMENT C'ÉTAIT AUSSI SIMPLE, ROGER.
ARROOOF!
ARROOOF!
MAIS SI NOUS NE QUITTONS JAMAIS CE PAVILLON, ALORS CE FRAGILE PRÉTEXTE S'ENVOLERA AUSSI VITE QUE CES OISEAUX.
TOUT LE MONDE PENSE QUE LE GENTILHOMME QUE VOUS ÊTES SE CONTENTE D'ENSEIGNER LE TIR À UNE VIEILLE AMIE SANS LE SOU.
JE CRAINS QUE NOUS NE DEVIONS NOUS EN TENIR À CE MANÈGE.
OU NOUS RISQUERIONS DE TOUT PERDRE.
KAPOW
N'ÉTAIT-CE PAS UN JOLI TIR, ROGER ?! JE COMMENCE À M'AMÉLIORER, NON ?
OUI, MON AMOUR, TOUT À FAIT !

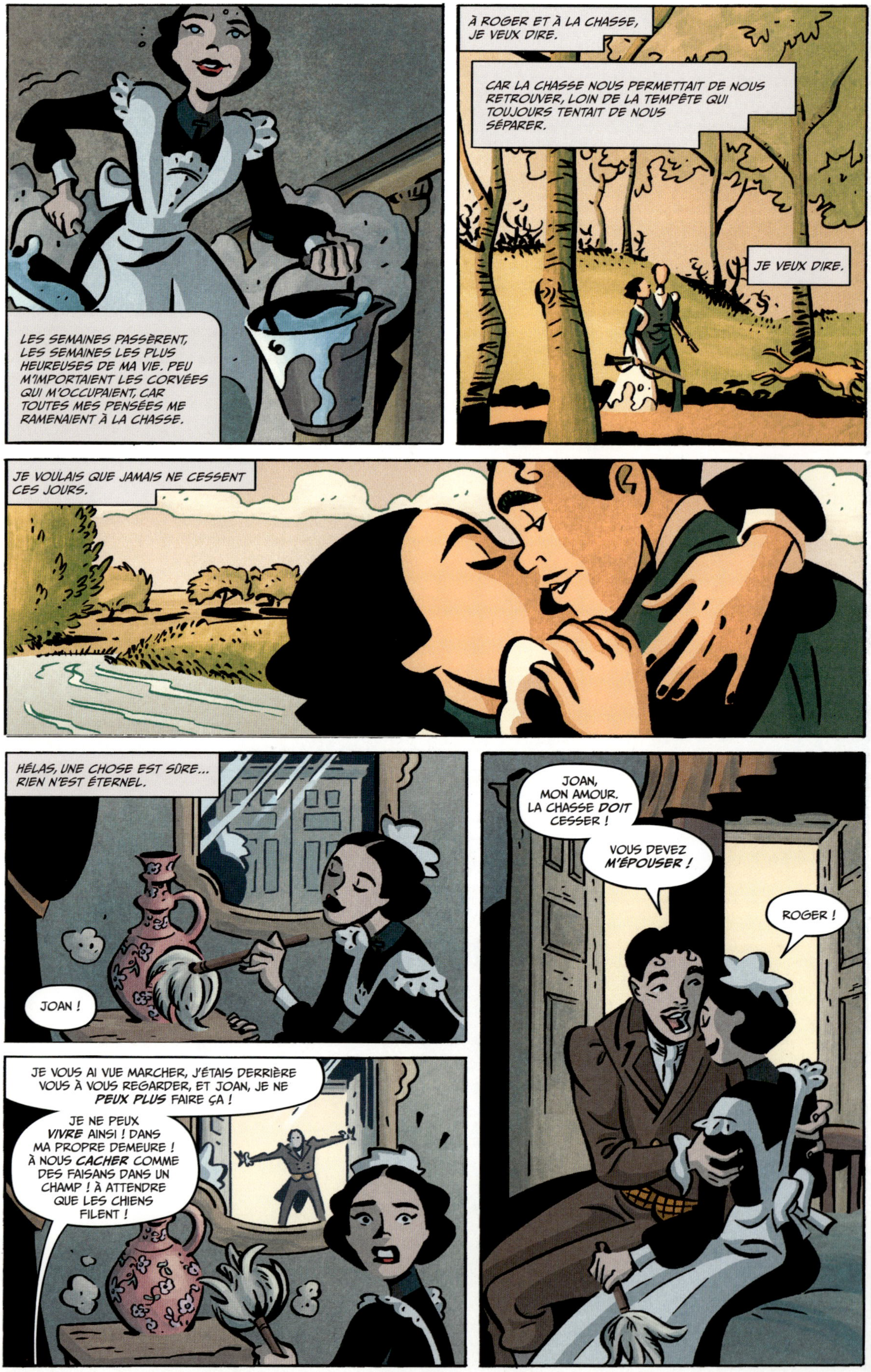
LES SEMAINES PASSÈRENT, LES SEMAINES LES PLUS HEUREUSES DE MA VIE. PEU M'IMPORTAIENT LES CORVÉES QUI M'OCCUPAIENT, CAR TOUTES MES PENSÉES ME RAMENAIENT À LA CHASSE.
À ROGER ET À LA CHASSE, JE VEUX DIRE.
CAR LA CHASSE NOUS PERMETTAIT DE NOUS RETROUVER, LOIN DE LA TEMPÊTE QUI TOUJOURS TENTAIT DE NOUS SÉPARER.
JE VEUX DIRE.
JE VOULAIS QUE JAMAIS NE CESSENT CES JOURS.
HÉLAS, UNE CHOSE EST SÛRE... RIEN N'EST ÉTERNEL.
JOAN !
JE VOUS AI VUE MARCHER, J'ÉTAIS DERRIÈRE VOUS À VOUS REGARDER, ET JOAN, JE NE PEUX PLUS FAIRE ÇA !
JE NE PEUX VIVRE AINSI ! DANS MA PROPRE DEMEURE ! À NOUS CACHER COMME DES FAISANS DANS UN CHAMP ! À ATTENDRE QUE LES CHIENS FILENT !
JOAN, MON AMOUR. LA CHASSE DOIT CESSER !
VOUS DEVEZ M'ÉPOUSER !
ROGER !

J'ÉTAIS DANS SES BRAS, OÙ J'AVAIS TOUJOURS VOULU ÊTRE, ET C'ÉTAIT DÉLICIEUX, MAIS JE NE RESSENTAIS QUE DE LA PEUR.
ON NE PEUT PAS, MON AMOUR. ON NE PEUT PAS...
CESSEZ, JOAN. JE SAIS LES FORCES QUI S'OPPOSENT À NOUS. MAIS ILS NE CONNAISSENT PAS MON POUVOIR ET NE PEUVENT COMPRENDRE MA FORCE.
ALORS QUE SES MOTS ME PORTAIENT, JE RESSENTIS UNE POINTE D'ESPOIR.
CETTE FORCE QUI M'ANIME QUAND JE SUIS AVEC VOUS.
SOUDAIN ! À LA PORTE ! LORD WESTSHIRE !
MON DIEU ! QU'EST-CE CELA, ROGER ?
ÔTEZ VOS MAINS DE CETTE VULGAIRE FEMME !
PÈRE ! VOUS NE COMPRENEZ PAS...
JE COMPRENDS PARFAITEMENT BIEN ! JE NE LAISSERAI PAS CES BADINAGES SE TRANSFORMER EN SCANDALE !
CE COMPORTEMENT NE SERA PAS TOLÉRÉ DANS CETTE MAISON ! VOUS AVEZ DES DEVOIRS ASSOCIÉS AU NOM DONT JE VOUS AI GRATIFIÉ, ET JE VEILLERAI À CE QU'ILS SOIENT REMPLIS !
PÈRE, JE NE BADINE PAS AVEC JOAN !
JE L'AIME !
SLAP
JEUNE SOT !
VOUS NE SAVEZ RIEN DE L'AMOUR !

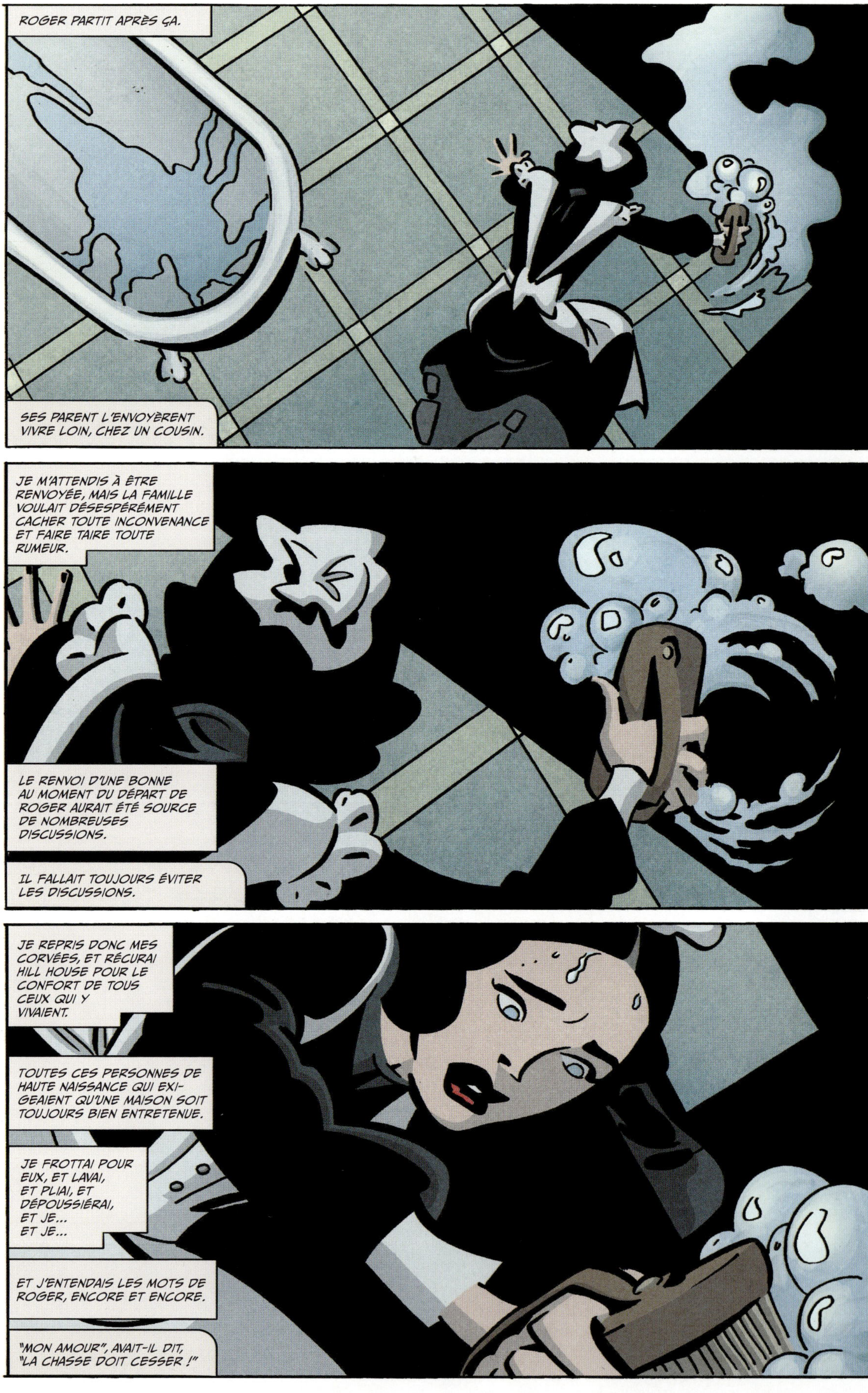
ROGER PARTIT APRÈS ÇA.
SES PARENT L'ENVOYÈRENT VIVRE LOIN, CHEZ UN COUSIN.
JE M'ATTENDIS À ÊTRE RENVOYÉE, MAIS LA FAMILLE VOULAIT DÉSESPÉRÉMENT CACHER TOUTE INCONVENANCE ET FAIRE TAIRE TOUTE RUMEUR.
LE RENVOI D'UNE BONNE AU MOMENT DU DÉPART DE ROGER AURAIT ÉTÉ SOURCE DE NOMBREUSES DISCUSSIONS.
IL FALLAIT TOUJOURS ÉVITER LES DISCUSSIONS.
JE REPRIS DONC MES CORVÉES, ET RÉCURAI HILL HOUSE POUR LE CONFORT DE TOUS CEUX QUI Y VIVAIENT.
TOUTES CES PERSONNES DE HAUTE NAISSANCE QUI EXI-GEAIENT QU'UNE MAISON SOIT TOUJOURS BIEN ENTRETENUE.
JE FROTTAI POUR EUX, ET LAVAI, ET PLIAI, ET DÉPOUSSIÉRAI, ET JE... ET JE...
ET J'ENTENDAIS LES MOTS DE ROGER, ENCORE ET ENCORE.
"MON AMOUR", AVAIT-IL DIT, "LA CHASSE DOIT CESSER !"

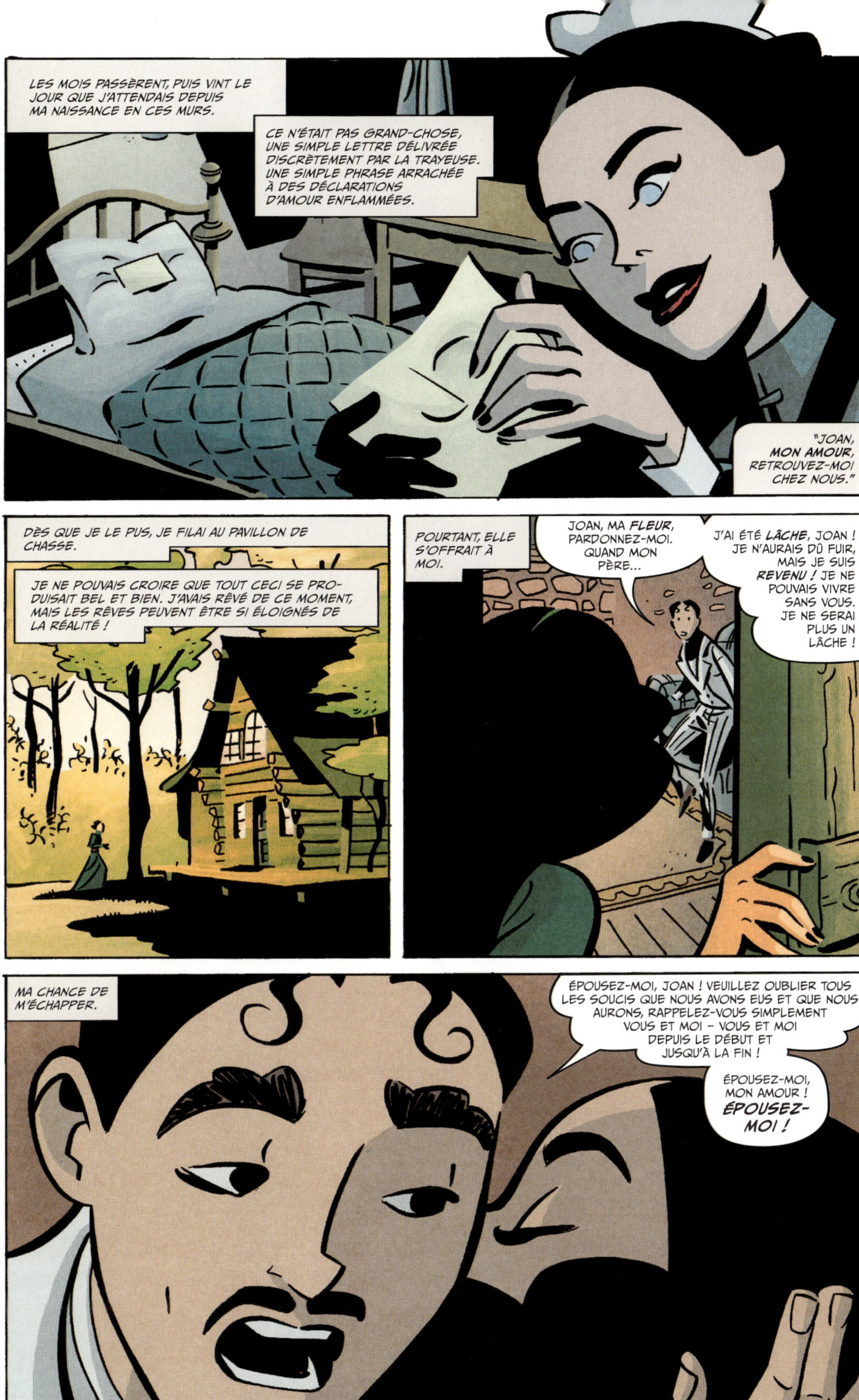
LES MOIS PASSÈRENT, PUIS VINT LE JOUR QUE J'ATTENDAIS DEPUIS MA NAISSANCE EN CES MURS.
CE N'ÉTAIT PAS GRAND-CHOSE, UNE SIMPLE LETTRE DÉLIVRÉE DISCRÈTEMENT PAR LA TRAYEUSE. UNE SIMPLE PHRASE ARRACHÉE À DES DÉCLARATIONS D'AMOUR ENFLAMMÉES.
"JOAN, MON AMOUR, RETROUVEZ-MOI CHEZ NOUS."
DÈS QUE JE LE PUS, JE FILAI AU PAVILLON DE CHASSE.
JE NE POUVAIS CROIRE QUE TOUT CECI SE PRODUISAIT BEL ET BIEN. J'AVAIS RÊVÉ DE CE MOMENT, MAIS LES RÊVES PEUVENT ÊTRE SI ÉLOIGNÉS DE LA RÉALITÉ !
POURTANT, ELLE S'OFFRAIT À MOI.
JOAN, MA FLEUR, PARDONNEZ-MOI. QUAND MON PÈRE...
J'AI ÉTÉ LÂCHE, JOAN ! JE N'AURAIS DÛ FUIR, MAIS JE SUIS REVENU ! JE NE POUVAIS VIVRE SANS VOUS. JE NE SERAI PLUS UN LÂCHE !
MA CHANCE DE M'ÉCHAPPER.
ÉPOUSEZ-MOI, JOAN ! VEUILLEZ OUBLIER TOUS LES SOUCIS QUE NOUS AVONS EUS ET QUE NOUS AURONS, RAPPELEZ-VOUS SIMPLEMENT VOUS ET MOI - VOUS ET MOI DEPUIS LE DÉBUT ET JUSQU'À LA FIN !
ÉPOUSEZ-MOI, MON AMOUR ! ÉPOUSEZ-MOI !

NON.
PARDON ?
ROGER, MON CHER, JE VEUX QUE VOUS FASSIEZ ATTENTION À MES MOTS. ET SACHEZ QU'ILS SONT ***SINCÈRES.***
JE VOUS AI MENTI BIEN DES FOIS, MAIS IL EST IMPORTANT QUE VOUS SACHIEZ, QUE ***TOUT LE MONDE*** SACHE, QUE CE QUE JE VAIS DIRE... N'EST ***PAS*** UN MENSONGE.
JOAN, JE NE... HEIN ?
JE NE VOUS ÉPOUSERAI ***PAS.*** JAMAIS. IL N'Y A RIEN QUE VOUS PUISSIEZ FAIRE QUI ME FERA CHANGER D'AVIS, COMPRENEZ-VOUS ? RIEN.
ET JE NE VOUS AI JAMAIS AIMÉ, MON PAUVRE GARÇON. ***JAMAIS.*** PAS À UN SEUL MOMENT.
JOAN ! VOUS... VOUS NE PENSEZ PAS CE QUE VOUS DITES !
JE SUIS DÉSOLÉE, ROGER. PROFONDÉMENT.
PAS SEULEMENT POUR CETTE RUSE... JE SUIS DÉSOLÉE POUR TOUT CE QUE...
J'ENTENDIS LE CLIQUETIS AU-DEHORS, LE CLIQUETIS DU CHIEN D'UN PISTOLET QU'ON ARME.
QUELQUE CHOSE NE VA PAS ? QU'EST-CE QUI NE VA ***PAS*** CHEZ VOUS ?
MON PAUVRE ROGER.
J'Y SUIS HABITUÉE À PRÉSENT.
BANG
AAHH !

TANDIS QUE ROGER SE VIDAIT DE SON SANG DERRIÈRE MOI, J'ARMAI LE FUSIL ET ME PRÉPARAI. LE VOYAGE AVAIT ÉTÉ LONG ET ARDU DEPUIS L'ENFANCE JUSQU'À PRÉSENT, MAIS JE N'EN ATTENDAIS PAS MOINS DE...
LA CHASSE À L'AMOUR !
Chapitre 3
MAIS... QUEL EST DONC CE B@%@$?
FERME TA PUTAIN DE GUEULE, ROGER ! T'ES DÉJÀ MORT !
LAISSE-MOI GÉRER LES VIVANTS !

JE SUIS LE SCHÉMA.
DIX FOIS SUR DIX, IL ME TOUCHE AU PREMIER TIR.
ET SI JE NE MEURS PAS IMMÉDIATEMENT, IL PRENDS MON POULS ET TIRE À NOUVEAU.
JOAN... JE... JE... SUIS BLESSÉ.
ATTENDS. SOIS PATIENTE.
IL ARRIVE.
ROGER ! C'EST QUOI, TON PROBLÈME ? FERME-LA.
SÉRIEUSEMENT.
IL ARRIVE.
CRREEEEK
LE COWBOY EST LÀ.
JOAN, MA CHÈRE... DITES À MÈRE... DITES-LUI QUE JE L'AIM...

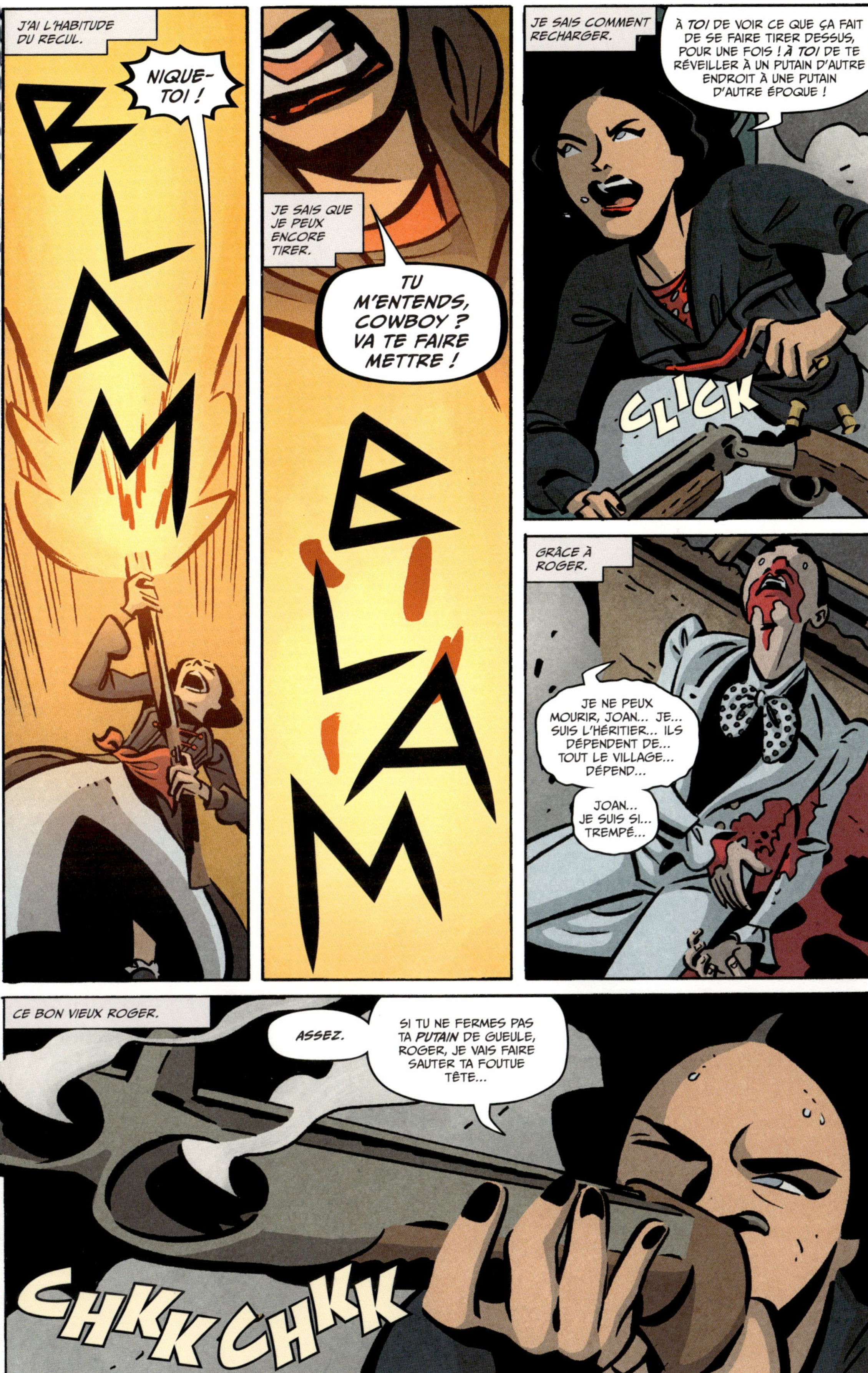
J'AI L'HABITUDE DU RECUL.
NIQUE-TOI !
BLAM
JE SAIS QUE JE PEUX ENCORE TIRER.
TU M'ENTENDS, COWBOY ? VA TE FAIRE METTRE !
BLAM
JE SAIS COMMENT RECHARGER.
À TOI DE VOIR CE QUE ÇA FAIT DE SE FAIRE TIRER DESSUS, POUR UNE FOIS ! À TOI DE TE RÉVEILLER À UN PUTAIN D'AUTRE ENDROIT À UNE PUTAIN D'AUTRE ÉPOQUE !
CLICK
GRÂCE À ROGER.
JE NE PEUX MOURIR, JOAN... JE... SUIS L'HÉRITIER... ILS DÉPENDENT DE... TOUT LE VILLAGE... DÉPEND...
JOAN... JE SUIS SI... TREMPÉ...
CE BON VIEUX ROGER.
ASSEZ.
SI TU NE FERMES PAS TA PUTAIN DE GUEULE, ROGER, JE VAIS FAIRE SAUTER TA FOUTUE TÊTE...
CHKK CHKK

IL DEVRAIT ÊTRE MORT.
BLAM
LE COWBOY EST MORT.
BLAM
J'AI RÉUSSI, APRÈS TOUTES CES VIES.
BLAM
POURTANT, LES BALLES ME TRAVERSENT.
BLAM
NON !
NNNN...
JOAN !
JOAN ? MA CH... CHÈRE JOAN ?
AH, PUTAIN.
B'JOUR.
C'EST QUI ?

JE... JE...
MONSIEUR, JE... SUIS ROGER HENRY CHARLES ANGSTROM... LE FUTUR... ONZIÈME LORD WEST... WESTSHIRE...
QUI...
RAVI DE VOUS RENCONTRER, ROGER.
TOUT AMI DE JOAN EST UN AMI À MOI. C'EST UNE SACRÉE FEMME, CETTE JOANIE, N'EST-CE PAS ? ON S'Y ATTACHE VITE, JE VAIS VOUS DIRE.
QUE... JE NE... QUOI ?
DONNEZ-MOI UNE SECONDE, ROGER. JE VOUS PRIE.
J'AI UN MESSAGE À DÉLIVRER À JOAN. JE NE PENSE PAS QU'ELLE L'ENTENDRA DANS SON ÉTAT, MAIS J'AI DONNÉ MA PAROLE À UNE FEMME ET JE COMPTE HONORER MA PROMESSE.
JOAN, TU TE RAPPELLES, NON ? L'AMOUR EST...
JOAN ! MON AMOUR !

ROGER, QU'EST-CE QUE VOUS FOUTEZ, PAR L'ENFER ?
SI VOUS CRIEZ AUSSI FORT QUE ÇA, PENSEZ-VOUS QUE JOAN VA ENTENDRE CE QUE J'AI À LUI DIRE ?
C'EST IMPORTANT, MON GARS, GARDEZ VOS LÈVRES FERMÉES.
J'VEUX DIRE, DOUX JÉSUS, ROGER. NE...
HÉ, COWBOY... ON NE T'A PAS DIT ?
BLAM
LA CHASSE EST FINIE.

VOILÀ.
NNNN...
ATTENDEZ... VOUS ÊTES BLESSÉE... NOUS... OH JOAN... MON DIEU...
QUE... QU'EST-IL ARRIVÉ... JE MEURS... JOAN... NOUS ALLONS... MOURIR...
JE PENSAIS... VENIR VOUS DIRE... QUE NOUS DEVRIONS... JE VOUS AIME...
JE VOUS... JE VOUS AIME... JOAN... MA CHÈRE JOAN, JE VOUS AI TOUJOURS... TOUJOURS...
JE... JE... VOUS AIME...
TOUT CE QUI COMPTE... CE N'EST PAS...
C'EST QUE NOUS... SOYONS... VOUS ET... JOAN, CHÉRIE... NOTRE... AMOUR
SEUL L'AMOUR... COMPTE...

ROGER...
OUI... OUI... MON AMOUR...
SAIS-TU À QUEL POINT... C'EST FOUTREMENT DUR... DE SERVIR... LES INTÉRÊTS... D'UN AUTRE... JUSQU'À...
JUSQU'À...

CHAPITRE 3
OH, YOU POOR THING. YOU JUST HAVE TO LEARN, THERE'S A BIGGER WORLD OUT THERE. HE ISN'T WORTH YOUR TEARS!
WHAT DO YOU KNOW, YOU OLD HAG?! I WILL HAVE WHAT YOU NEVER DID! I WILL HAVE LOVE!

J'ENTENDIS AU LOIN LES CRIS STRIDENTS DE LA BIBLIOTHÉCAIRE. MAIS SES VAINES OBJECTIONS S'ESTOMPÈRENT RAPIDEMENT TANDIS QUE JE FONDAIS SOUS L'ÉTREINTE DE FRED. RIEN DE CE QU'ELLE DIRAIT NE M'ARRÊTERAIT ! JE N'ÉTAIS PAS COMME ELLE ! JE NE SERAI PAS...
EN RETARD POUR L'AMOUR
CHAPITRE 1
QU'ÊTES-VOUS EN TRAIN DE FAIRE, JEUNES GENS ?!
PAUVRE VIEILLE FEMME ! NOUS AVONS CE QU'ELLE VOUDRAIT TANT MAIS QU'ELLE N'AURA JAMAIS ! L'AMOUR ÉTERNEL !
BOOK CLUB

C'ÉTAIT LE DERNIER JOUR DU LYCÉE. D'ICI UNE SEMAINE JE SERAIS EN VACANCES AU CAMPING, ET BIENTÔT JE TRAVERSERAIS LE PAYS, DIRECTION L'UNIVERSITÉ.
JOAN
C'ÉTAIT UNE JOURNÉE SPÉCIALE... ET EN MÊME TEMPS...
BILL ! POURQUOI C'EST MOI QUI DOIS ***TOUT*** FAIRE ICI ?!

... C'ÉTAIT UNE JOURNÉE COMME LES AUTRES.
TU AS DIT QUE TU SORTIRAIS LES ORDURES ***CETTE*** NUIT ! ET QU'EST-CE QUE JE VAIS DEVOIR FAIRE AUJOURD'HUI ?
PAR TOUS LES DIEUX, JE ME SUIS ***ENDORMI***, PATTIE. EXCUSE-MOI.
ENDORMI ? C'EST TON EXCUSE ? PARCE QUE LES BOUTEILLES QUI TRAÎNENT DANS LES ORDURES QUE TU N'AS PAS SORTIES ME RACONTENT UNE ***AUTRE*** HISTOIRE !
PATTIE ! TU NE RACONTES QUE DES ***CONNERIES !***
ET PERSONNE NE REMARQUA QUE J'ÉTAIS PARTIE.

FRED ET MOI AVIONS UNE RELATION STABLE DEPUIS DEUX ANNÉES MAGIQUES.
HÉ, JOAN ! TU ES MAGNIFIQUE AUJOURD'HUI ! JE PEUX PORTER TES BOUQUINS ?
CAMPBELL GEN
FRED, TU ME LE DEMANDES TOUS LES JOURS. T'AI-JE JAMAIS DIT NON ?
JE L'AIMAIS TOTALEMENT ET COMPLÈTEMENT, JE NE LE NIERAI PAS.
IL Y A UNE SOIRÉE AU BORD DU LAC APRÈS LES COURS, POUR FÊTER LA FIN DE L'ANNÉE. ON POURRAIT PEUT-ÊTRE Y ALLER ENSEMBLE ?
ÇA M'A L'AIR SYMPA ! ON SE RETROUVE À LA BIBLIOTHÈQUE ? JE DOIS RENDRE MES LIVRES, JE NE VEUX PAS ÊTRE EN RETARD.
MAIS JE NE SAVAIS PAS SI CET AMOUR ALLAIT DURER.
D'ACCORD ! JE PASSE TE CHERCHER À LA BIBLI À 4H. N'OUBLIE PAS TON MAILLOT DE BAIN !
JE M'EN SUIS ACHETÉ UN NOUVEAU, FRED ! JE PENSE QUE TU VAS L'ADORER !
J'AI ÉTÉ ACCEPTÉE DANS UNE UNIVERSITÉ À L'AUTRE BOUT DU PAYS, MAIS FRED, LUI, IRA DANS UNE FAC PUBLIQUE, À QUELQUES KILOMÈTRES D'ICI.
TRÈS BIEN, MES JEUNES DIPLÔMÉS. AVANT DE QUITTER MON GIRON, MONTREZ-MOI QUE VOUS AVEZ APPRIS QUELQUE CHOSE : QUELQU'UN PEUT-IL ME CITER LA DERNIÈRE PHRASE DU CANDIDE DE VOLTAIRE ?
OUI, JOAN ?
"CULTIVONS NOTRE JARDIN."
TRÈS BIEN, JOAN ! EXCELLENT, COMME TOUJOURS.

CET APRÈS-MIDI-LÀ, JE RENDIS MES LIVRES À LA BIBLIOTHÈQUE DU COIN.
JE VOUDRAIS RENDRE CECI.
BIEN SÛR, MAIS TU N'EN EMPRUNTES PAS D'AUTRES ? ÇA NE TE RESSEMBLE PAS, JOAN.
HONNÊTEMENT, J'AI ÉTÉ SURPRISE QU'ELLE CONNAISSE MON NOM. ELLE TRAVAILLAIT À LA BIBLIOTHÈQUE DEPUIS QUE J'ÉTAIS TOUTE PETITE, MAIS JE N'AVAIS JAMAIS SU COMMENT ELLE S'APPELAIT.
OH, C'EST LA FIN DE L'ANNÉE, ET JE SERAI BIENTÔT PARTIE. JE N'AI PAS BESOIN DE PRENDRE QUOI QUE CE SOIT AVEC MOI.
TU LAISSES TOUT DERRIÈRE TOI ? TANT MIEUX POUR TOI, MA CHÈRE. C'EST BON D'ÊTRE LIBRE.
QUE VOULAIT-ELLE DIRE PAR LÀ ? "TOUT LAISSER DERRIÈRE", "C'EST BON D'ÊTRE LIBRE". COMME SI ELLE ÉTAIT AU COURANT POUR FRED !
UNDAMENTALS
HIGH-SCHOOL
ATHEMATICS
QUE SAIT-ELLE ? C'EST UNE VIEILLE FILLE ! ELLE N'A JAMAIS SU CE QU'EST LE VRAI AMOUR ! CE QUE ÇA SIGNIFIE DE LAISSER L'AMOUR DERRIÈRE SOI !
MES PROBLÈMES SONT MES PROBLÈMES, PAS LES SIENS ! JE NE SAIS PAS CE QUI ME TRAVAILLE AUTANT !
DEHORS, J'AI RETROUVÉ FRED QUI M'ATTENDAIT. ALORS TOUTES CES PENSÉES NÉGATIVES S'ÉVANOUIRENT COMME UNE GOUTTE D'EAU DANS L'OCÉAN.
SALUT, BEAUTÉ !
PRÊTE POUR LA BAIGNADE ?

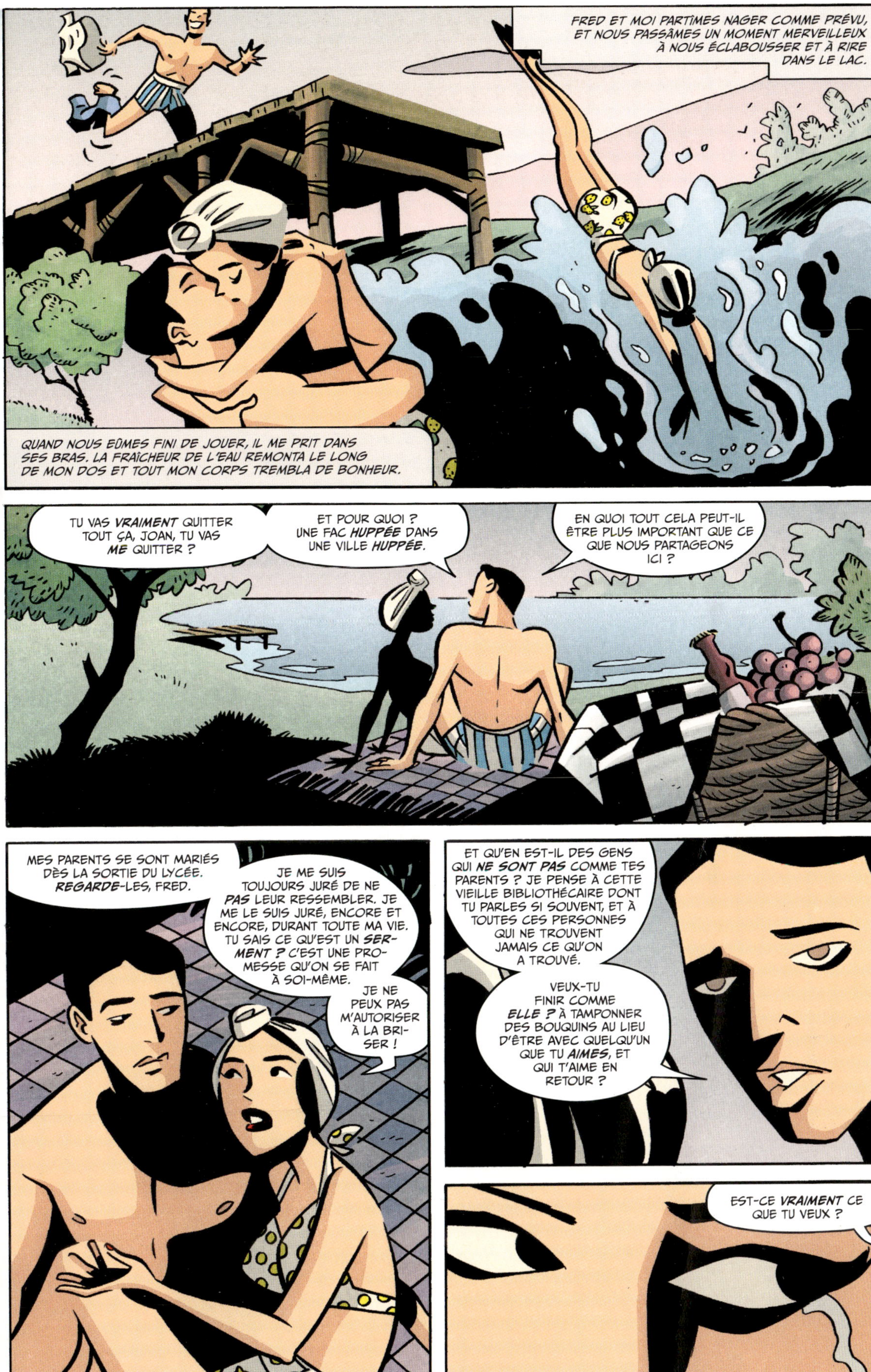
FRED ET MOI PARTÎMES NAGER COMME PRÉVU, ET NOUS PASSÂMES UN MOMENT MERVEILLEUX À NOUS ÉCLABOUSSER ET À RIRE DANS LE LAC.
QUAND NOUS EÛMES FINI DE JOUER, IL ME PRIT DANS SES BRAS. LA FRAÎCHEUR DE L'EAU REMONTA LE LONG DE MON DOS ET TOUT MON CORPS TREMBLA DE BONHEUR.
TU VAS VRAIMENT QUITTER TOUT ÇA, JOAN, TU VAS ME QUITTER ?
ET POUR QUOI ? UNE FAC HUPPÉE DANS UNE VILLE HUPPÉE.
EN QUOI TOUT CELA PEUT-IL ÊTRE PLUS IMPORTANT QUE CE QUE NOUS PARTAGEONS ICI ?
MES PARENTS SE SONT MARIÉS DÈS LA SORTIE DU LYCÉE. REGARDE-LES, FRED.
JE ME SUIS TOUJOURS JURÉ DE NE PAS LEUR RESSEMBLER. JE ME LE SUIS JURÉ, ENCORE ET ENCORE, DURANT TOUTE MA VIE. TU SAIS CE QU'EST UN SERMENT ? C'EST UNE PROMESSE QU'ON SE FAIT À SOI-MÊME.
JE NE PEUX PAS M'AUTORISER À LA BRISER !
ET QU'EN EST-IL DES GENS QUI NE SONT PAS COMME TES PARENTS ? JE PENSE À CETTE VIEILLE BIBLIOTHÉCAIRE DONT TU PARLES SI SOUVENT, ET À TOUTES CES PERSONNES QUI NE TROUVENT JAMAIS CE QU'ON A TROUVÉ.
VEUX-TU FINIR COMME ELLE ? À TAMPONNER DES BOUQUINS AU LIEU D'ÊTRE AVEC QUELQU'UN QUE TU AIMES, ET QUI T'AIME EN RETOUR ?
EST-CE VRAIMENT CE QUE TU VEUX ?

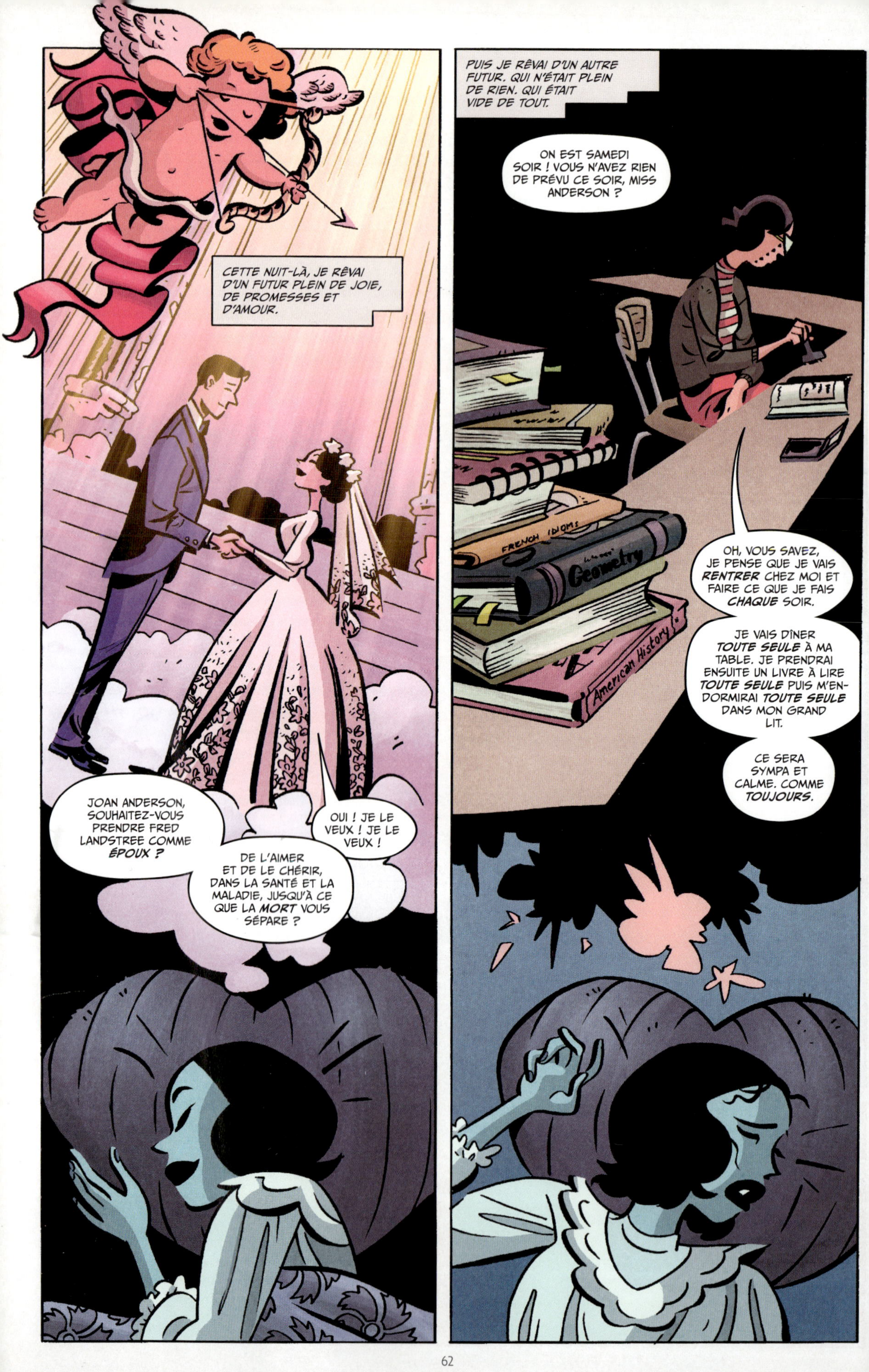
CETTE NUIT-LÀ, JE RÊVAI D'UN FUTUR PLEIN DE JOIE, DE PROMESSES ET D'AMOUR.
JOAN ANDERSON, SOUHAITEZ-VOUS PRENDRE FRED LANDSTREE COMME ÉPOUX ?
DE L'AIMER ET DE LE CHÉRIR, DANS LA SANTÉ ET LA MALADIE, JUSQU'À CE QUE LA MORT VOUS SÉPARE ?
OUI ! JE LE VEUX ! JE LE VEUX !
PUIS JE RÊVAI D'UN AUTRE FUTUR. QUI N'ÉTAIT PLEIN DE RIEN. QUI ÉTAIT VIDE DE TOUT.
ON EST SAMEDI SOIR ! VOUS N'AVEZ RIEN DE PRÉVU CE SOIR, MISS ANDERSON ?
FRENCH IDIOMS
Geometry
American History
OH, VOUS SAVEZ, JE PENSE QUE JE VAIS RENTRER CHEZ MOI ET FAIRE CE QUE JE FAIS CHAQUE SOIR.
JE VAIS DÎNER TOUTE SEULE À MA TABLE. JE PRENDRAI ENSUITE UN LIVRE À LIRE TOUTE SEULE PUIS M'ENDORMIRAI TOUTE SEULE DANS MON GRAND LIT.
CE SERA SYMPA ET CALME. COMME TOUJOURS.

QUAND JE ME RÉVEILLAI, JE JURAI POUVOIR ENTENDRE LA TROTTEUSE ALORS QUE LE TEMPS FILAIT, ALORS QUE J'ÉTAIS DE PLUS EN PLUS PROCHE DE QUITTER UNE VIE POUR EN TROUVER UNE AUTRE.
CLCK CLCK
IL ME FALLUT QUELQUES SECONDES POUR RÉALISER QUE LE BRUIT VENAIT DE CAILLOUX JETÉS CONTRE MA FENÊTRE. UN APPEL VENANT DE LA RUE.
CLCK
CLCK
FRED ! QUE-QU'EST-CE QUE TU ES EN TRAIN DE FAIRE ?
SAIS-TU QUELLE HEURE IL EST ?
JOAN ! JE N'EN PEUX PLUS ! JE NE PEUX TE LAISSER PARTIR !
JE T'AIME, JOAN ! DE TOUT MON ÊTRE ! J'AI BESOIN QUE TU SOIS AVEC MOI ! QUE TU RESTES AVEC MOI ! ICI !
JOAN ANDERSON ! VEUX-TU M'ÉPOUSER ?
JE NE LUI RÉPONDIS PAS. JE N'ÉTAIS TOUJOURS PAS PRÊTE À BRISER MON SERMENT.
MAIS JE SENTIS SES MOTS M'ATTIRER COMME LA GRAVITÉ AVAIT ATTIRÉ LA POMME DE NEWTON.
LE JOUR D'APRÈS, ALORS QU'IL NE CESSAIT DE PLEUVOIR, JE ME RENDIS DE NOUVEAU À LA BIBLIOTHÈQUE.

CANDIDE ?
IL EST AU PROGRAMME.
MAIS LES COURS NE SONT-ILS PAS FINIS ?
OUI, C'EST VRAI. JE NE SAIS PAS POURQUOI JE L'AI PRIS À NOUVEAU.
J'AI DÛ BLOQUER DESSUS, JE SUPPOSE. MON CERVEAU M'EMMÈNE N'IMPORTE OÙ CES DERNIERS TEMPS. MAIS JE NE CROIS PAS QU'IL ME MÈNE QUELQUE PART.
JE PEUX VOUS DEMANDER QUELQUE CHOSE ? QUELQUE CHOSE D'UN PEU... PERSONNEL... DISONS.
VOUS N'AVEZ PAS À RÉPONDRE SI VOUS NE LE VOULEZ PAS. JE NE VEUX PAS VOUS METTRE MAL À L'AISE.
DEMANDE-MOI CE QUE TU VEUX, MA CHÈRE.
JE SUIS UN LIVRE OUVERT.
ÊTES-VOUS... PARVENEZ-VOUS À ÊTRE... AVEC VOTRE VIE...
DÉSOLÉE... MAIS...
ÊTES-VOUS HEUREUSE ?

C'ÉTAIT IL Y A DES DÉCENNIES, MAIS C'EST COMME SI C'ÉTAIT HIER. BILL ET MOI ÉTIONS DEUX TOURTEREAUX DES ANNÉES LYCÉE. IL VOULAIT M'ÉPOUSER, MAIS LA PETITE VIE TRANQUILLE QU'IL M'OFFRAIT NE ME SUFFISAIT PAS. JE N'ARRÊTAIS PAS DE LUI DIRE QU'IL ÉTAIT...
EN RETARD POUR L'AMOUR
CHAPITRE 2
BILL ! POURQUOI AIMER CELLE QUE TU NE PEUX AVOIR ? JE SUIS LÀ ! JE NE VAIS NULLE PART !
JOAN ! NE PARS PAS. JE T'AIME ! JE NE PEUX VIVRE SANS TOI !
L'AMOUR ! L'AMOUR ! L'AMOUR ! ILS NE PARLENT QUE D'AMOUR. IL Y A BIEN PLUS QUE ÇA DANS LA VIE. C'EST SÛR !

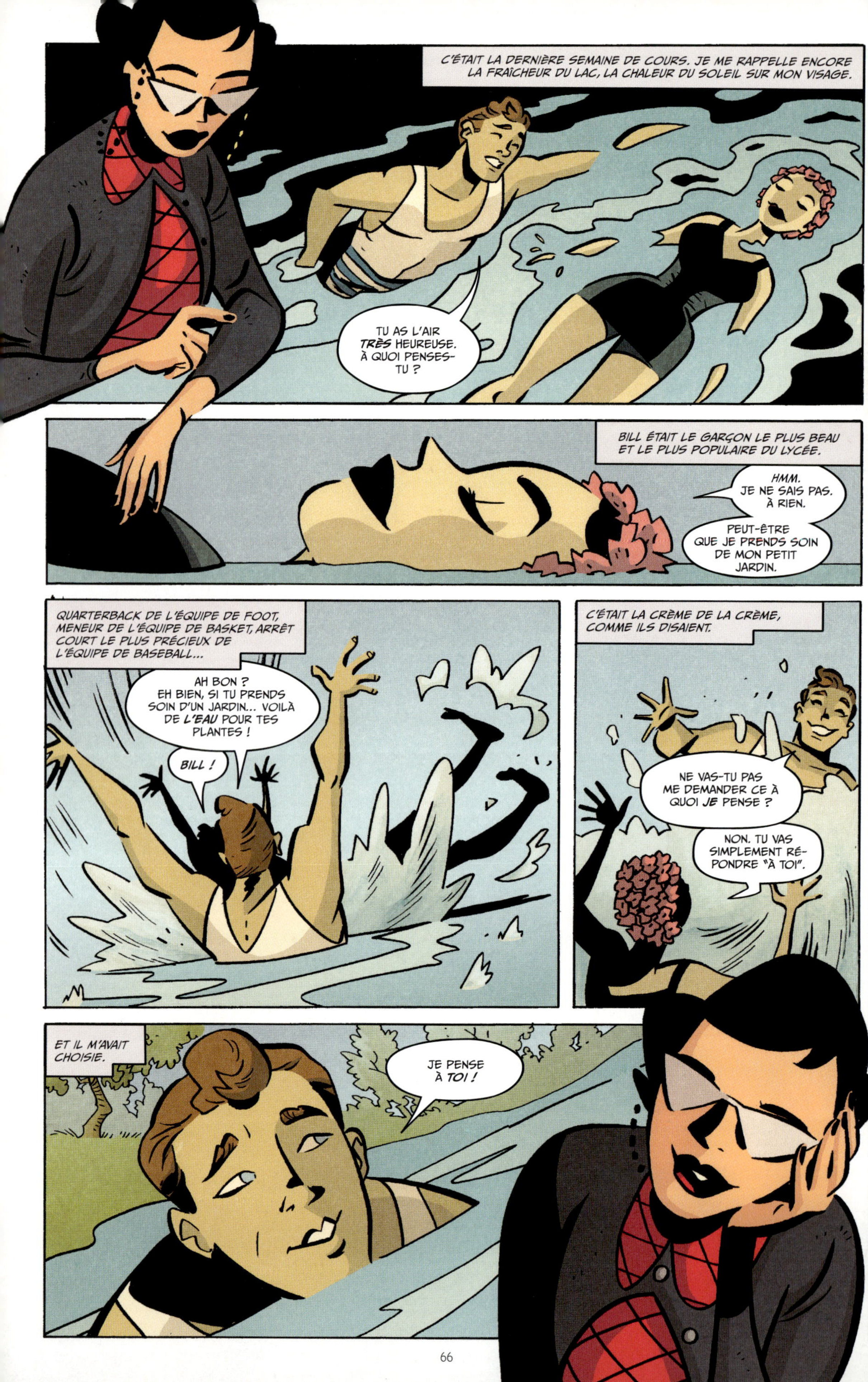
C'ÉTAIT LA DERNIÈRE SEMAINE DE COURS. JE ME RAPPELLE ENCORE LA FRAÎCHEUR DU LAC, LA CHALEUR DU SOLEIL SUR MON VISAGE.
TU AS L'AIR TRÈS HEUREUSE. À QUOI PENSES-TU ?
BILL ÉTAIT LE GARÇON LE PLUS BEAU ET LE PLUS POPULAIRE DU LYCÉE.
HMM. JE NE SAIS PAS. À RIEN.
PEUT-ÊTRE QUE JE PRENDS SOIN DE MON PETIT JARDIN.
QUARTERBACK DE L'ÉQUIPE DE FOOT, MENEUR DE L'ÉQUIPE DE BASKET, ARRÊT COURT LE PLUS PRÉCIEUX DE L'ÉQUIPE DE BASEBALL...
AH BON ? EH BIEN, SI TU PRENDS SOIN D'UN JARDIN... VOILÀ DE L'EAU POUR TES PLANTES !
BILL !
C'ÉTAIT LA CRÈME DE LA CRÈME, COMME ILS DISAIENT.
NE VAS-TU PAS ME DEMANDER CE À QUOI JE PENSE ?
NON. TU VAS SIMPLEMENT RÉPONDRE "À TOI".
ET IL M'AVAIT CHOISIE.
JE PENSE À TOI !

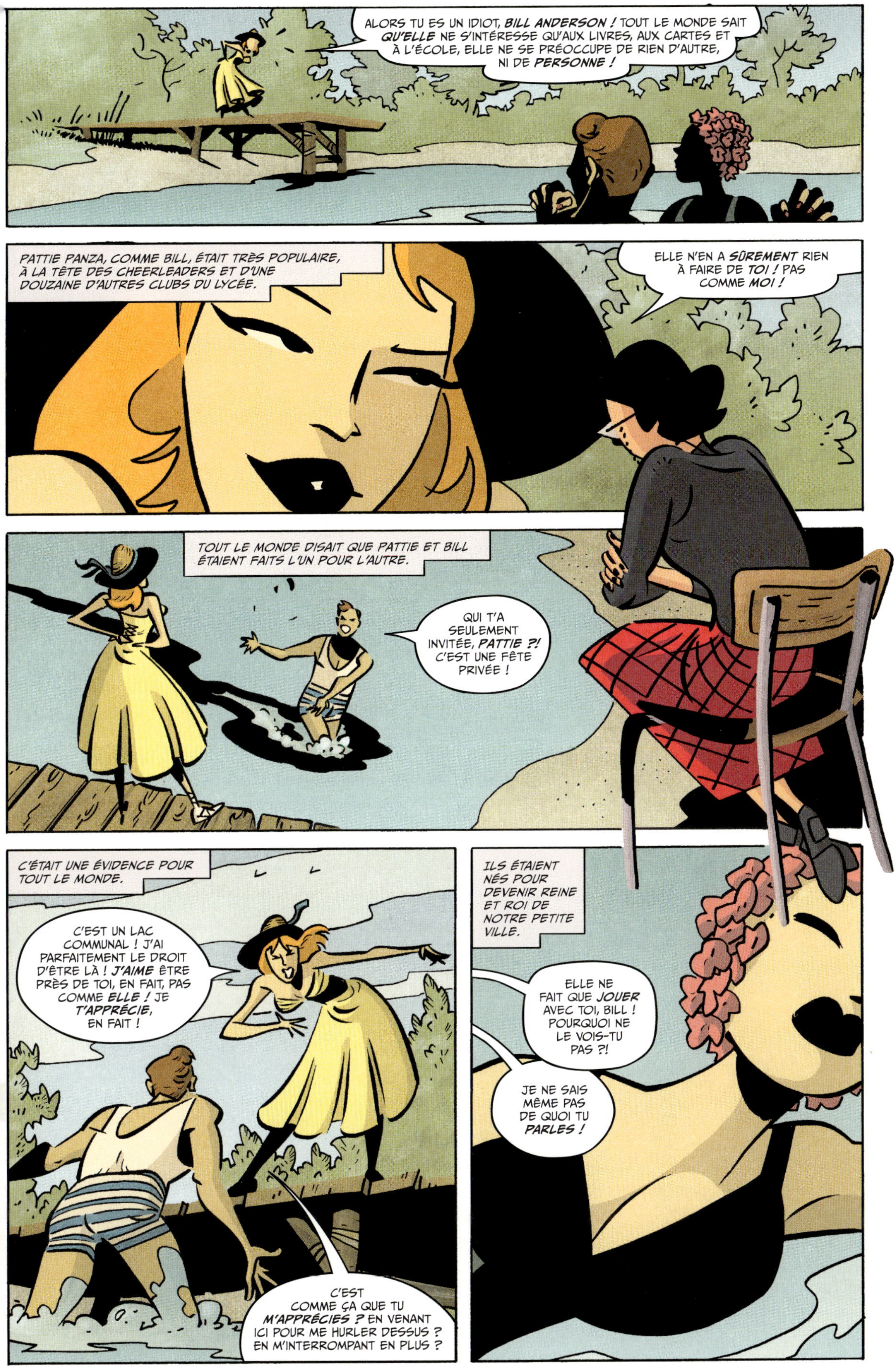
ALORS TU ES UN IDIOT, BILL ANDERSON ! TOUT LE MONDE SAIT QU'ELLE NE S'INTÉRESSE QU'AUX LIVRES, AUX CARTES ET À L'ÉCOLE, ELLE NE SE PRÉOCCUPE DE RIEN D'AUTRE, NI DE PERSONNE !
PATTIE PANZA, COMME BILL, ÉTAIT TRÈS POPULAIRE, À LA TÊTE DES CHEERLEADERS ET D'UNE DOUZAINE D'AUTRES CLUBS DU LYCÉE.
ELLE N'EN A SÛREMENT RIEN À FAIRE DE TOI ! PAS COMME MOI !
TOUT LE MONDE DISAIT QUE PATTIE ET BILL ÉTAIENT FAITS L'UN POUR L'AUTRE.
QUI T'A SEULEMENT INVITÉE, PATTIE ?! C'EST UNE FÊTE PRIVÉE !
C'ÉTAIT UNE ÉVIDENCE POUR TOUT LE MONDE.
C'EST UN LAC COMMUNAL ! J'AI PARFAITEMENT LE DROIT D'ÊTRE LÀ ! J'AIME ÊTRE PRÈS DE TOI, EN FAIT, PAS COMME ELLE ! JE T'APPRÉCIE, EN FAIT !
C'EST COMME ÇA QUE TU M'APPRÉCIES ? EN VENANT ICI POUR ME HURLER DESSUS ? EN M'INTERROMPANT EN PLUS ?
ILS ÉTAIENT NÉS POUR DEVENIR REINE ET ROI DE NOTRE PETITE VILLE.
ELLE NE FAIT QUE JOUER AVEC TOI, BILL ! POURQUOI NE LE VOIS-TU PAS ?!
JE NE SAIS MÊME PAS DE QUOI TU PARLES !

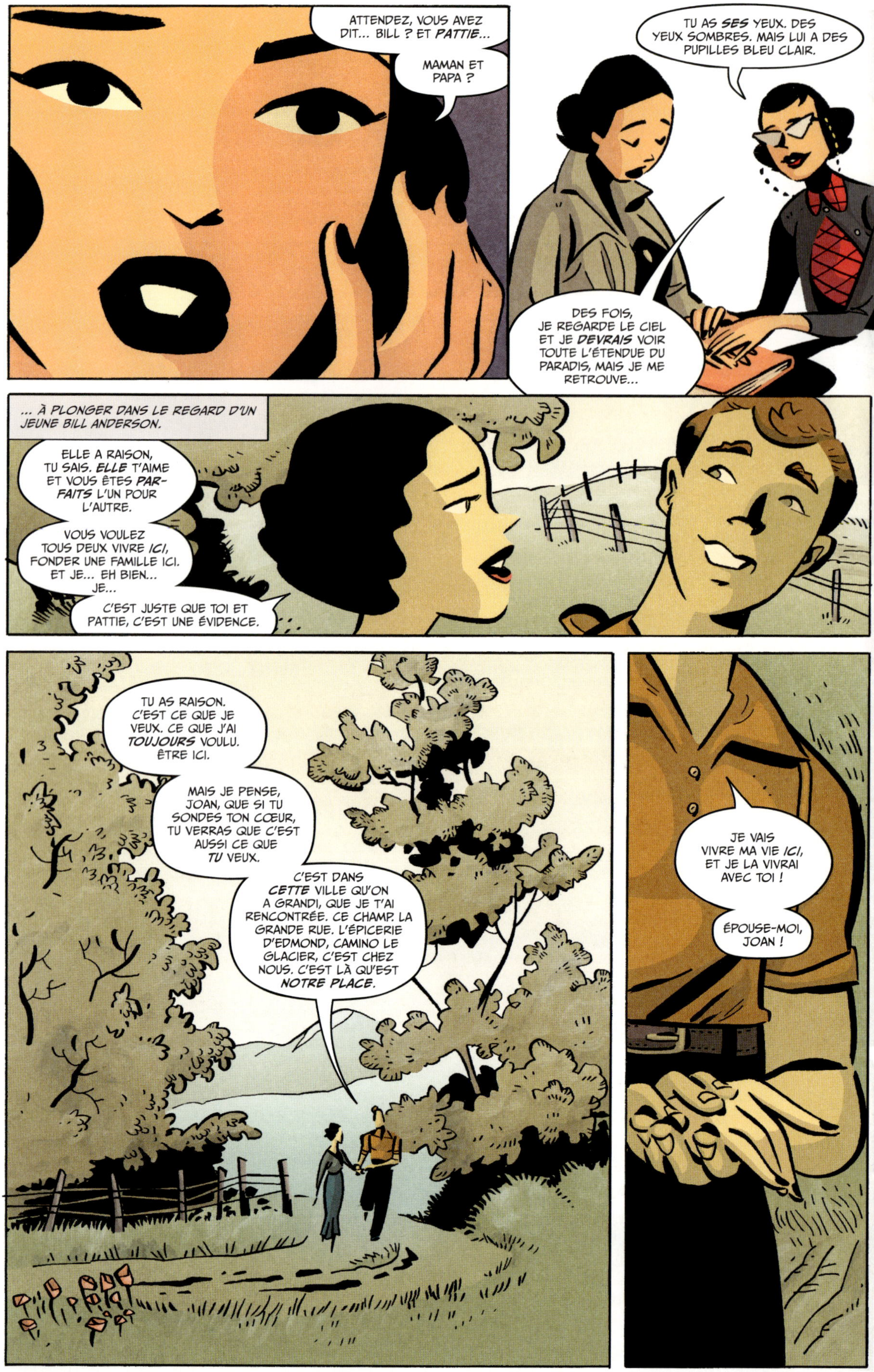
ATTENDEZ, VOUS AVEZ DIT... BILL ? ET PATTIE...
MAMAN ET PAPA ?
TU AS SES YEUX. DES YEUX SOMBRES. MAIS LUI A DES PUPILLES BLEU CLAIR.
DES FOIS, JE REGARDE LE CIEL ET JE DEVRAIS VOIR TOUTE L'ÉTENDUE DU PARADIS, MAIS JE ME RETROUVE...
... À PLONGER DANS LE REGARD D'UN JEUNE BILL ANDERSON.
ELLE A RAISON, TU SAIS. ELLE T'AIME ET VOUS ÊTES PARFAITS L'UN POUR L'AUTRE.
VOUS VOULEZ TOUS DEUX VIVRE ICI, FONDER UNE FAMILLE ICI. ET JE... EH BIEN... JE...
C'EST JUSTE QUE TOI ET PATTIE, C'EST UNE ÉVIDENCE.
TU AS RAISON. C'EST CE QUE JE VEUX. CE QUE J'AI TOUJOURS VOULU. ÊTRE ICI.
MAIS JE PENSE, JOAN, QUE SI TU SONDES TON CŒUR, TU VERRAS QUE C'EST AUSSI CE QUE TU VEUX.
C'EST DANS CETTE VILLE QU'ON A GRANDI, QUE JE T'AI RENCONTRÉE. CE CHAMP. LA GRANDE RUE. L'ÉPICERIE D'EDMOND, CAMINO LE GLACIER, C'EST CHEZ NOUS. C'EST LÀ QU'EST NOTRE PLACE.
JE VAIS VIVRE MA VIE ICI, ET JE LA VIVRAI AVEC TOI !
ÉPOUSE-MOI, JOAN !

MON PÈRE ! IL VOUS A DEMANDÉ... IL VOUS A FAIT SA DEMANDE ?!
À VOUS ?!
C'ÉTAIT IL Y A LONGTEMPS, IL N'Y A PAS DE QUOI S'ÉNERVER.
ASSIEDS-TOI, JOAN.
MA MÈRE, MON PÈRE... ON N'AURAIT JAMAIS, JAMAIS DIT QU'ILS ÉTAIENT AMOUREUX. PAS COMME FRED ET MOI...
J'AI TOUJOURS PENSÉ QUE C'ÉTAIT PARCE QUE... C'EST COMME ÇA QUE L'AMOUR S'ACHÈVE.
MAIS PEUT-ÊTRE... QU'IL Y A QUELQUE CHOSE D'AUTRE, PEUT-ÊTRE...
ASSIEDS-TOI, S'IL TE PLAÎT, JOAN.
JE N'AI PAS FINI MON HISTOIRE.
Geometry
JE NE SAIS PAS... C'EST...
POURQUOI LE MONDE EST-IL AINSI ?

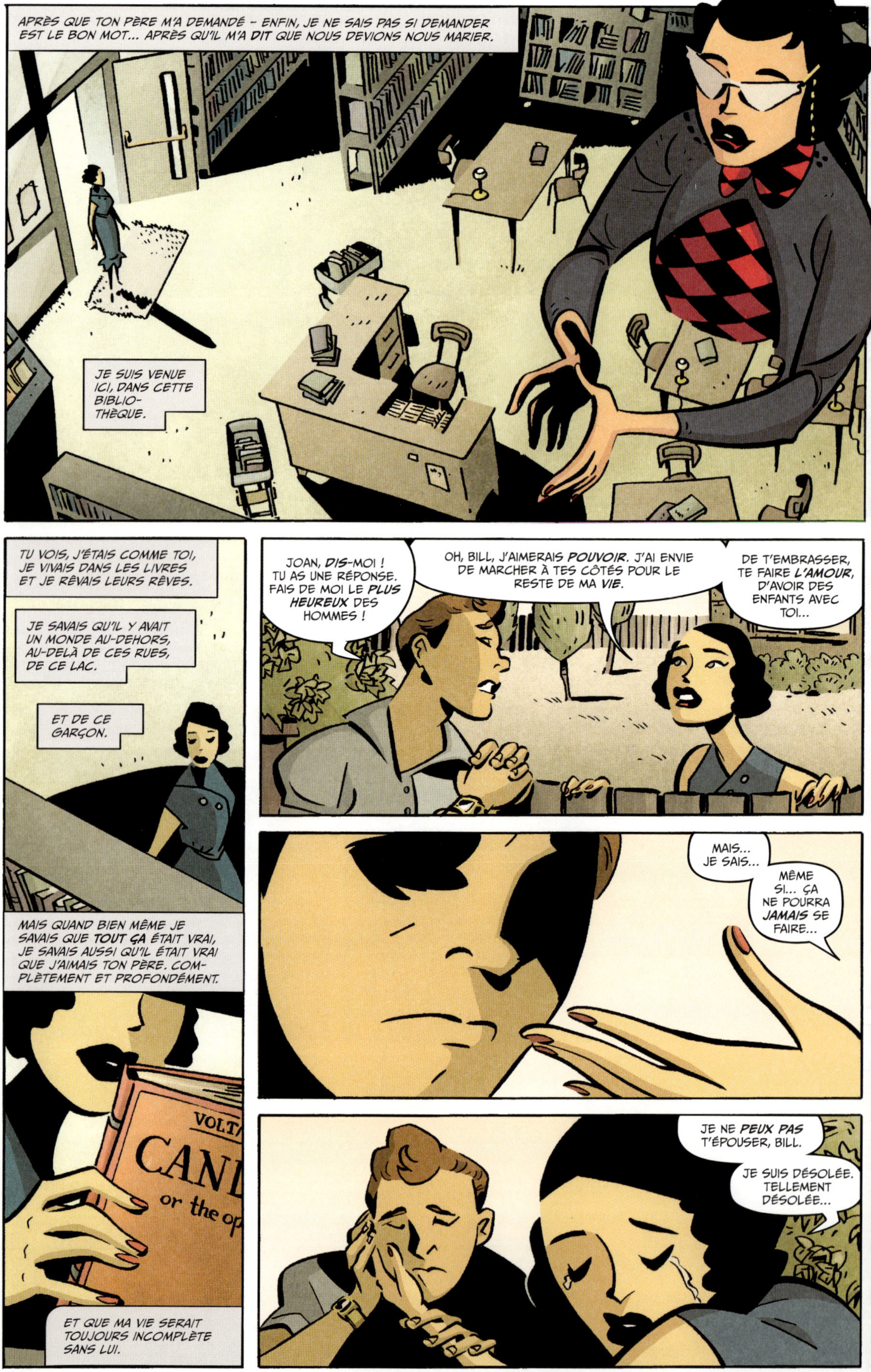
APRÈS QUE TON PÈRE M'A DEMANDÉ – ENFIN, JE NE SAIS PAS SI DEMANDER EST LE BON MOT... APRÈS QU'IL M'A DIT QUE NOUS DEVIONS NOUS MARIER.
JE SUIS VENUE ICI, DANS CETTE BIBLIOTHÈQUE.
TU VOIS, J'ÉTAIS COMME TOI, JE VIVAIS DANS LES LIVRES ET JE RÊVAIS LEURS RÊVES.
JE SAVAIS QU'IL Y AVAIT UN MONDE AU-DEHORS, AU-DELÀ DE CES RUES, DE CE LAC.
ET DE CE GARÇON.
MAIS QUAND BIEN MÊME JE SAVAIS QUE TOUT ÇA ÉTAIT VRAI, JE SAVAIS AUSSI QU'IL ÉTAIT VRAI QUE J'AIMAIS TON PÈRE. COMPLÈTEMENT ET PROFONDÉMENT.
VOLTA
CAND
or the op
ET QUE MA VIE SERAIT TOUJOURS INCOMPLÈTE SANS LUI.
JOAN, DIS-MOI ! TU AS UNE RÉPONSE. FAIS DE MOI LE PLUS HEUREUX DES HOMMES !
OH, BILL, J'AIMERAIS POUVOIR. J'AI ENVIE DE MARCHER À TES CÔTÉS POUR LE RESTE DE MA VIE.
DE T'EMBRASSER, TE FAIRE L'AMOUR, D'AVOIR DES ENFANTS AVEC TOI...
MAIS... JE SAIS...
MÊME SI... ÇA NE POURRA JAMAIS SE FAIRE...
JE NE PEUX PAS T'ÉPOUSER, BILL.
JE SUIS DÉSOLÉE. TELLEMENT DÉSOLÉE...

JE SUIS PARTIE.
LEAVIN
TOWN L
Come a
J'AI VOYAGÉ PARTOUT EN AMÉRIQUE – NEW YORK, WASHINGTON, ATLANTA, LOS ANGELES.
J'OCCUPAIS UN POSTE PENDANT DEUX OU TROIS MOIS, PUIS ALLAIS AILLEURS.
QUAND J'EUS LE SENTIMENT D'AVOIR FAIT LE TOUR DU PAYS, JE PARTIS ENCORE PLUS LOIN.
JE TRAVERSAI LES OCÉANS.
PARIS, ROME, LE CAIRE, PÉKIN, TOKYO, ET UNE DOUZAINE D'AUTRES VILLES. SÛREMENT PLUS.
JE TROUVAIS UN ENDROIT OÙ ÊTRE MOI-MÊME ET M'AMUSER.
CAFE DE LA PAIX
ET QUAND JE ME SENTAIS ENFIN À L'AISE, QUAND JE RÉALISAIS QU'IL SERAIT DIFFICILE POUR MOI DE PARTIR, ALORS JE M'EN ALLAIS.
PUIS UN JOUR, SANS RÉFLÉCHIR, JE PRIS UN AVION POUR RENTRER À LA MAISON.
IL N'Y EUT RIEN DE PLUS QUE ÇA. JE ME COUCHAI DANS MON LIT QUELQUE PART DANS LE MONDE, ET ME RÉVEILLAI DANS UN AVION POUR L'OUEST.
COMME SI UNE CORDE ÉTAIT RATTACHÉE À MOI ET QUE QUELQU'UN AVAIT TIRÉ DESSUS TOUT LE TEMPS DE MON ABSENCE.
ET APRÈS TOUTES CES ANNÉES, TOUS CES VOYAGES, J'ÉTAIS TROP FATIGUÉE... JE... JE NE POUVAIS PLUS TIRER DE MON CÔTÉ. JE N'AVAIS PLUS LA FORCE.
ET J'AI ABANDONNÉ.

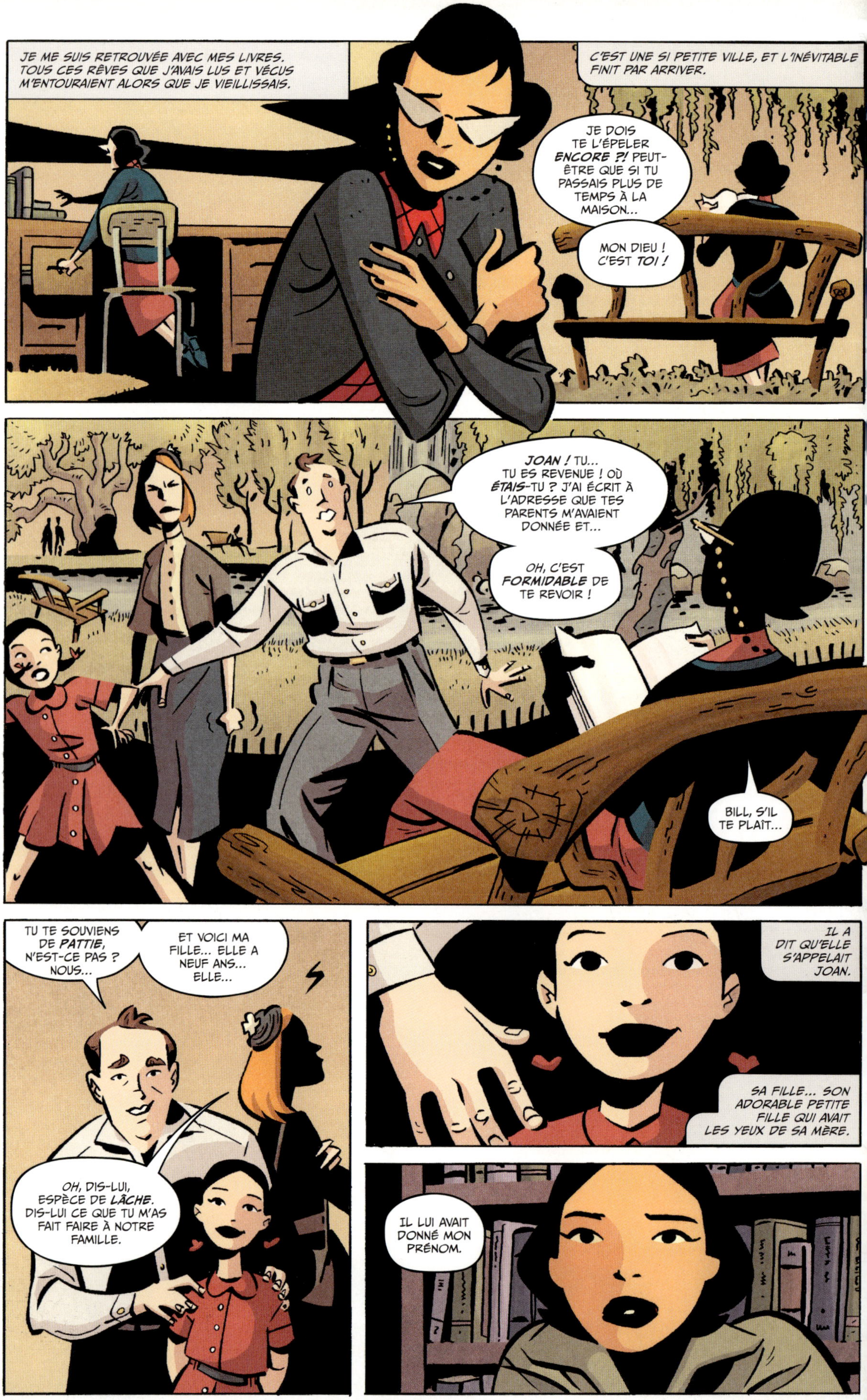
JE ME SUIS RETROUVÉE AVEC MES LIVRES. TOUS CES RÊVES QUE J'AVAIS LUS ET VÉCUS M'ENTOURAIENT ALORS QUE JE VIEILLISSAIS.
C'EST UNE SI PETITE VILLE, ET L'INÉVITABLE FINIT PAR ARRIVER.
JE DOIS TE L'ÉPELER ENCORE ?! PEUT-ÊTRE QUE SI TU PASSAIS PLUS DE TEMPS À LA MAISON...
MON DIEU ! C'EST TOI !
JOAN ! TU... TU ES REVENUE ! OÙ ÉTAIS-TU ? J'AI ÉCRIT À L'ADRESSE QUE TES PARENTS M'AVAIENT DONNÉE ET...
OH, C'EST FORMIDABLE DE TE REVOIR !
BILL, S'IL TE PLAÎT...
TU TE SOUVIENS DE PATTIE, N'EST-CE PAS ? NOUS...
ET VOICI MA FILLE... ELLE A NEUF ANS... ELLE...
OH, DIS-LUI, ESPÈCE DE LÂCHE. DIS-LUI CE QUE TU M'AS FAIT FAIRE À NOTRE FAMILLE.
IL A DIT QU'ELLE S'APPELAIT JOAN.
SA FILLE... SON ADORABLE PETITE FILLE QUI AVAIT LES YEUX DE SA MÈRE.
IL LUI AVAIT DONNÉ MON PRÉNOM.

TE SENTIS SES BRAS FORTS ET VIRILS AUTOUR
DE MOI, ME SERRANT CONTRE LUI. C'ÉTAIT LUI, MON VRAI
CHEZ-MOI... PAS L'EXCITATION D'UNE AVENTURE, MAIS
LE CALME INTÉRIEUR QUI VENAIT ME CONFIRMER
QUE JE N'AVAIS PAS FAIT D'ERREUR,
QUE JE N'ÉTAIS PAS...
CHAPITRE 3
EN RETARD POUR L'AMOUR
DRAMA CLUB!
VOTE KINSLE for Presid
WINTER DANCE
FRED ! J'AI FAIT MON CHOIX ! C'EST TOI ! MON CŒUR ! RIEN QUE TOI !
ILS SONT PARFAITS L'UN POUR L'AUTRE. TOUT LE MONDE MÉRITE CE BONHEUR. MAIS POURQUOI – ALORS QU'IL LA SERRE DANS SES BRAS – EST-IL EN TRAIN DE ME DÉVISAGER ?
AMERICA'S STORY

JE NE SAVAIS PAS QUOI FAIRE. TOUTE MA VIE SEMBLAIT AVOIR ÉTÉ BÂTIE SUR DE LA NEIGE, ET LE SOLEIL VENAIT DE SE LEVER. TOUT ÉTAIT EN TRAIN DE FONDRE, TOUT ÉTAIT EN TRAIN DE S'EFFONDRER.
QUE VOULAIS-JE ? QU'AVAIS-JE ABANDONNÉ ? ÉTAIS-JE PERDUE ? RETROUVÉE ?
UN MILLIER DE QUESTIONS ME TRAVERSAIENT, ET DÈS QUE J'ESSAYAIS DE RÉPONDRE À L'UNE D'ENTRE ELLES, UNE AUTRE VENAIT S'ÉCRASER DANS MON ÂME.
ALORS QUE LA BRUME DE MON ESPRIT DEVENAIT TROP ÉPAISSE POUR QUE JE PUISSE ME REPÉRER, JE VIS AU TRAVERS DE MES LARMES...
FRED !
JOAN ?
JE NE POUVAIS PLUS ATTENDRE, ALORS JE SUIS VENU TE CHERCHER. JE SAIS QUE TU AIMES LA BIBLIOTHÈQUE ET JE...
J'AI BESOIN D'ENTENDRE...
OH, FRED !

J'AI ÉTÉ SOTTE ! LA BIBLIOTHÉCAIRE M'A EXPLIQUÉ QUE MES PARENTS N'ONT JAMAIS VRAIMENT ÉTÉ AMOUREUX ! MON PÈRE ÉTAIT AMOUREUX D'ELLE, ET ELLE A FUI !
MON PÈRE EST EN COLÈRE CAR IL A PERDU L'AMOUR, PAS PARCE QU'IL L'A TROUVÉ ! IL M'A MÊME DONNÉ SON PRÉNOM, JOAN !
FRED, J'AI TANT ESSAYÉ DE NE PAS IMITER MES PARENTS QUE J'AI FUI L'AMOUR.
MAIS C'EST QUELQU'UN QUI A FUI L'AMOUR QUI A FAIT DE MES PARENTS CE QU'ILS SONT !
CE... QUI VEUT DIRE...
OUI, FRED. LA RÉPONSE EST OUI !
JE N'IRAI NULLE PART ! JE RESTE ICI ! AVEC TOI ! C'EST LÀ QU'ON VIVRA ! LÀ QUE NOUS CONSTRUIRONS NOTRE FAMILLE !
Cougars
JOAN ! SI TU SAVAIS CE QUE TES MOTS SIGNIFIENT ! C'EST TELLEMENT INCROYABLE !
EMBRASSE-MOI, MON AMOUR, EMBRASSE-MOI ET MONTRE-MOI QUE NOUS SOMMES JEUNES, QUE NOUS AVONS LE FUTUR DEVANT NOUS, QU'IL N'EST PAS TROP TARD POUR...
À CE MOMENT, QUAND SES LÈVRES RENCONTRÈRENT LES MIENNES, TOUTES LES PENSÉES CONFUSES QUE J'AVAIS EUES SE CRISTALLISÈRENT EN UNE PURE MAXIME...
OÙ QUE JE SOIS, VOICI MON JARDIN !

JE SUPPOSE QU'IL NE NOUS RESTE PLUS QU'À VIVRE *UNE VIE* DE BONHEUR.
ON S'Y MET ?
OUI ! *HA HA HA,* JE SUIS PRÊTE MAINTENANT ! ALLONS...
OH NON ! JE PORTAIS MON FOULARD, À CAUSE DE LA PLUIE. MAIS JE L'AI OUBLIÉ À LA BIBLIOTHÈQUE.
DONNE-MOI *UNE* SECONDE...
PAS QUESTION ! TU AS PASSÉ BIEN ASSEZ DE TEMPS AVEC CES *LIVRES* ET CETTE *FEMME !*
JE VAIS RÉCUPÉRER TON FOULARD ! *FILE* À LA MAISON POUR ANNONCER LA BONNE NOUVELLE À TES PARENTS.
JE NE VEUX PAS QUE TU RESTES LÀ ET QUE TU ATTRAPES UNE PNEUMONIE.
D'ACCORD, MON AMOUR, MON... MON *FIANCÉ !*
JE DÉTESTE INTERROMPRE LEURS DISPUTES, MAIS JE VAIS LEUR DIRE ! PEUT-ÊTRE QUE ÇA LEUR RAPPELLERA QUE LE VRAI AMOUR EXISTE TOUJOURS !
À TOUT À L'HEURE, FRED ! CE NE SERA PAS LONG, MAIS TU VAS ME *MANQUER !*
HA HA HA. À TOUTE, JOAN ! NE T'EN FAIS PAS, JE NE SERAI PAS LONG !

LIBRARY
HOOL
LIBRARY
HOOL
LIBRARY
HOOL
LIBRARY
HOOL

OUI MON CHER, JE PEUX VOUS AIDER ?
NON, NON, PAS BESOIN.
JE VIENS JUSTE RÉCUPÉRER QUELQUE CHOSE QUI A ÉTÉ PERDU.
CROYEZ-LE OU PAS, C'EST LA PREMIÈRE FOIS QUE JE VIENS ICI. LES LIVRES, ÇA N'A JAMAIS ÉTÉ MON TRUC, JE N'EN AI JAMAIS COMPRIS L'INTÉRÊT.
IL ME SEMBLE QU'IL Y A ASSEZ D'HISTOIRES COMME ÇA DANS LA VIE, PAS LA PEINE D'ALLER EN CHERCHER AILLEURS.
HMM, JE N'EN SUIS PAS SI CERTAINE, JEUNE HOMME.
JE DIS JUSTE QUE JE N'AI PAS BESOIN DE ROMÉO ET JULIETTE.
PAS QUAND CE MONDE A BILL ANDERSON ET ***JOAN PETERSON***.
COMMENT...
... ÇA ?

ÇA FAIT UN BAIL, JOAN.
TROP LONG-TEMPS.
PUTAIN.
J'VAIS PAS VOUS MENTIR, ME PRENDRE UNE BALLE DANS LA FACE M'A RAMENÉ EN ARRIÈRE. LE TEMPS QUE JE VOUS RATTRAPE, VOUS AVIEZ DÉJÀ QUITTÉ LA VILLE EN BUS.
J'AI PASSÉ DES ANNÉES À VOUS CHERCHER. DE VILLE EN VILLE, DE PAYS EN PAYS. VOUS N'POUVIEZ PAS RESTER TRANQUILLE, M'DAME ?
AVOIR UN PEU DE PITIÉ POUR UN VIEUX COWBOY ?
VOUS NE M'AVEZ PAS L'AIR TROP VIEUX.
VOUS SERIEZ SURPRISE DE SAVOIR À QUAND JE REMONTE.
VOUS SERIEZ CHOQUÉE.

BORDEL...
C'EST QUOI, ÇA ? C'EST QUOI, LE BUT ? JE FUIS, JE SUIS BAISÉE. JE RESTE, JE SUIS BAISÉE. JE ME BATS, JE SUIS BAISÉE. JE ME COUCHE AVEC MON PUTAIN DE VENTRE À L'AIR, JE SUIS BAISÉE !
ÊTES-VOUS RÉEL ? ET MOI ?
JE NE COMPRENDS RIEN À TOUTE CETTE MERDE !
APRÈS TOUS CES VOYAGES, J'AI FINALEMENT PERDU VOTRE TRACE PRÈS DE BAGDAD.
J'AI ERRÉ PENDANT UN MOMENT.
PUIS UN JOUR, ÇA M'A FRAPPÉ. POURQUOI PERDRE MON TEMPS À VOUS CHERCHER ? POURQUOI N'IRAIS-JE PAS BOIRE UNE BIÈRE FRAÎCHE, SAVOURER LE SOLEIL SUR MON VISAGE ET LA POUSSIÈRE SUR MES BOTTES ?
QU'EST-CE QUI N'ALLAIT PAS CHEZ MOI ?
C'EST À CE MOMENT-LÀ QUE J'AI SU OÙ VOUS ÉTIEZ. CE N'ÉTAIT QU'UNE QUESTION DE TEMPS.
CE NE SONT PAS QUE DES MOTS, SI ?
IL FALLAIT QUE JE VOUS AIE, ET VOUS DEVIEZ REVENIR.
L'AMOUR EST ÉTERNEL...

CHAPITRE 4
OH, DANE, CAN'T YOU SEE?! THE ONLY WAY TO ESCAPE DEATH IS THROUGH LOVE!
IN THE MIDST OF THE WAR TO END ALL WARS... A LOVE TO END ALL LOVES!

UN AUTRE JOUR, UN AUTRE SOLDAT, UNE AUTRE CHANSON. LOIN DU FOYER, JE CHANTONNAIS DANS LES TÉNÈBRES TANDIS QU'AU LOIN, LES FUSILS DANS LES TRANCHÉES FRAPPAIENT LEUR PROPRE RYTHME. ON AURAIT DIT, EN QUELQUE SORTE, QUE LE MONDE TOUCHAIT À SA FIN, COMME SI, BIENTÔT, IL NE DEVAIT PLUS Y AVOIR
RIEN D'AUTRE QUE L'AMOUR
JE CONNAIS **CE** REGARD. JE L'AI VU SUR DES MILLIERS DE VISAGES. IL PENSE ÊTRE ***AMOUREUX***. PAUVRE PETITE CHOSE ; IL NE SAIT PAS CE QUI VA ***VRAIMENT*** ARRIVER !

1915, À QUELQUES BORNES DES TRANCHÉES.
I HAVE GATHERED MY HEART AS A ROSE ; AS A ROSE FROM THE MIDSUMMER GARDEN.
AND MY LOVE AT THE HEART OF IT GLOWS ; AND ITS BREATH IS A PRAYER FOR YOUR PARDON.
J'ÉTAIS VENUE EN FRANCE DEUX ANS AUPARAVANT POUR ÉTUDIER LA MUSIQUE. JE VOULAIS CHANTER DE L'OPÉRA, DEVENIR LA PROCHAINE SOPRANO QUE LE PUBLIC ADULERAIT.
LOVE HERE IS MY HEART ; ONE ROSE FOR YOUR HAIR.
YOURS IF YOU KEEP IT TODAY ; YOURS IF YOU THROW IT AWAY.
PUIS VINT LA GUERRE... ET LES PORTES DES GRANDS OPÉRAS SE FERMÈRENT. JE FUS SANS LE SOU EN QUELQUES SEMAINES.
WHERE ARE YOU NOW, TEAR IT APART ; OR CHOOSE IT TO WEAR...
SOMETHING TO KEEP OR TO KILL ; AS YOU WILL... HERE IS MY HEART.
PLUTÔT QUE DE RENTRER CHEZ MOI, JE PRIS LA DÉCISION DE CHANTER POUR LES SOLDATS QUI PARTAIENT AU FRONT.
I HAVE SPOKEN MY HEART IN A SONG.
IN A SONG OF A NIGHTINGALE DREAMING...
CHAQUE SOIR, UNE NOUVELLE TROUPE ARRIVAIT. ILS BUVAIENT, ILS RIAIENT...
FOR HE SANG TO ME ALL THE NIGHT
HEAR MY HEART WITH A...
ILS TOMBAIENT AMOUREUX.
QUI QUE VOUS SOYEZ, JE VOUS AIME.

APRÈS MA PRESTATION, COMME TOUS LES SOIRS, J'ALLAI AU BAR PRENDRE UN VERRE.
BONJOUR. EUH, ÇA VA BIEN ?
LE PATRON ME PAYAIT DES EXTRAS POUR QUE JE M'ASSEYE ET FASSE LA DISCUSSION.
PAS BESOIN DE SURJOUER, ALLUMEZ DONC MA CIGARETTE.
VOUS PARLEZ ANGLAIS ? ÊTES-VOUS AMÉRICAINE ? C'EST PARFAIT. MON FRANÇAIS EST ATROCE.
C'ÉTAIT UNE BONNE PAIE, ET JE N'AVAIS QU'À PARLER.
J'AI TOUJOURS VOULU ALLER EN AMÉRIQUE.
PEUT-ÊTRE APRÈS LA GUERRE. ILS DISENT QU'ELLE NE SERA PAS LONGUE, CELLE-LÀ.
AH OUI ?
JE M'APPELLE DANE. MES CAMARADES LÀ-BAS ET MOI, ON VIENT TOUS DE LA MÊME VILLE. ON S'EST TOUS ENRÔLÉS ENSEMBLE POUR ÊTRE DANS LA MÊME COMPAGNIE.
ON VIENT D'ARRIVER, À PEINE SORTIS DE L'ENTRAÎNEMENT. C'EST NOTRE PREMIÈRE FOIS EN FRANCE. C'EST QUELQUE CHOSE.
VOUS ÊTES ICI DEPUIS LONG-TEMPS ?
PAS LONG-TEMPS, NON.
EH BIEN, JE VAIS VOUS DIRE, VOUS ÊTES LA PLUS JOLIE FEMME QUE J'AIE JAMAIS VUE. JE NE SAVAIS PAS À QUOI M'ATTENDRE ICI, MAIS JE NE M'ATTENDAIS CERTAINEMENT PAS À VOUS.
JE VEUX DIRE... DÉSOLÉ D'ÊTRE SI DIRECT... C'EST QUE... VOUS M'AVEZ COUPÉ LE SOUFFLE. JE NE PEUX PLUS RESPIRER.

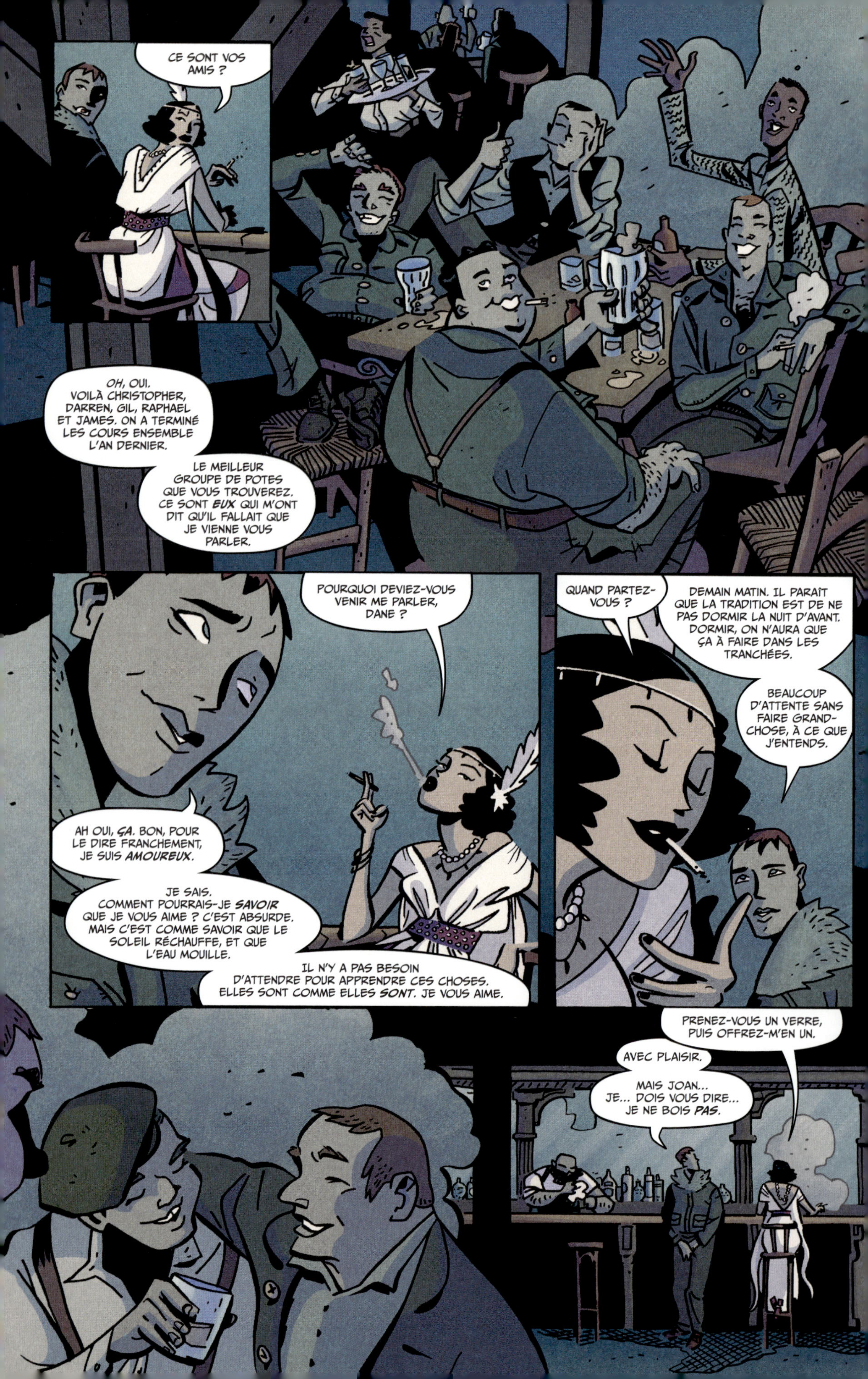
CE SONT VOS AMIS ?
OH, OUI. VOILÀ CHRISTOPHER, DARREN, GIL, RAPHAEL ET JAMES. ON A TERMINÉ LES COURS ENSEMBLE L'AN DERNIER.
LE MEILLEUR GROUPE DE POTES QUE VOUS TROUVEREZ. CE SONT EUX QUI M'ONT DIT QU'IL FALLAIT QUE JE VIENNE VOUS PARLER.
POURQUOI DEVIEZ-VOUS VENIR ME PARLER, DANE ?
AH OUI, ÇA. BON, POUR LE DIRE FRANCHEMENT, JE SUIS AMOUREUX.
JE SAIS. COMMENT POURRAIS-JE SAVOIR QUE JE VOUS AIME ? C'EST ABSURDE. MAIS C'EST COMME SAVOIR QUE LE SOLEIL RÉCHAUFFE, ET QUE L'EAU MOUILLE.
IL N'Y A PAS BESOIN D'ATTENDRE POUR APPRENDRE CES CHOSES. ELLES SONT COMME ELLES SONT. JE VOUS AIME.
QUAND PARTEZ-VOUS ?
DEMAIN MATIN. IL PARAÎT QUE LA TRADITION EST DE NE PAS DORMIR LA NUIT D'AVANT. DORMIR, ON N'AURA QUE ÇA À FAIRE DANS LES TRANCHÉES.
BEAUCOUP D'ATTENTE SANS FAIRE GRAND-CHOSE, À CE QUE J'ENTENDS.
PRENEZ-VOUS UN VERRE, PUIS OFFREZ-M'EN UN.
AVEC PLAISIR.
MAIS JOAN... JE... DOIS VOUS DIRE... JE NE BOIS PAS.

ON PARLA UN PEU, JE RETOURNAI À MON TRAVAIL. JE NE LE REVIS PLUS PENDANT PEUT-ÊTRE TROIS MOIS.
BONJOUR.
COMMENT VOUS PORTEZ-VOUS, JOAN ?
J'IMAGINE QUE VOUS NE VOUS RAPPELEZ PAS DE MOI... NON. JE NE PENSE PAS. JE SUIS VENU ICI IL Y A QUELQUE TEMPS, AVANT QUE NOUS NE PARTIONS AU FRONT.
JE M'APPELLE DANE MOORHOUSE. JE SUIS L'IDIOT QUI A DIT VOUS AIMER.
BEAUCOUP D'IDIOTS DISENT M'AIMER.
OUI, J'IMAGINE QUE C'EST PLUTÔT VRAI.
BIEN QUE LA PLUPART NE LE PENSENT PAS.
AU MOINS, J'AI ÇA DE PLUS QU'EUX. C'EST QUELQUE CHOSE.
JE ME RAPPELLE DE VOUS, DANE.
IL ME SEMBLAIT QUE VOUS NE BUVIEZ PAS.

C'ÉTAIT LE CAS. OU ÇA L'EST.
MAIS... EUH... MON AMI JAMES... JE NE SAIS PAS SI VOUS VOUS EN SOUVENEZ... IL ÉTAIT ICI AVEC MOI LA DERNIÈRE FOIS, À LA TABLE.
BON, C'ÉTAIT UN SOULARD, POUR ÊTRE HONNÊTE, ET IL LE REVENDIQUAIT BRUYAMMENT. JE LUI AI PROMIS DE LUI PORTER UN TOAST SI JAMAIS IL...
... ET EUH, IL Y A QUELQUES SEMAINES, C'EST ARRIVÉ.
IL N'A PAS EU DE CHANCE, IL S'EST RETROUVÉ ACCROCHÉ DANS DES FILS BARBELÉS. IL A PRIS QUELQUES... BON, CE N'EST PAS VRAIMENT IMPORTANT. ÇA ARRIVE TOUS LES JOURS, VRAIMENT.
MAIS NOUS REVOILÀ. TOUS LES QUATRE, ICI, POUR JAMES.
À JAMES.
VOILÀ.
OH SEIGNEUR, COMMENT SUPPORTEZ-VOUS CE TRUC ?! C'EST CENSÉ ÊTRE SI FORT... ? J'AI TOUJOURS PENSÉ QUE CE SERAIT DOUX.
QU'EST-CE QUE JE M'IMAGINAIS ?
HAHA HAHAHA HA.

NOUS AVONS ÉCHANGÉ QUELQUES MOTS, PUIS LE BON DANE RETOURNA À SA TABLE, ET JE FIS MON SECOND PASSAGE DE LA SOIRÉE.
ONCE IN THE DEAR DEAD DAYS BEYOND RECALL ;
WHEN ON THE WORLD THE MISTS BEGAN TO FALL,
COMME TOUJOURS, JE PARCOURUS LA SALLE ET GRATIFIAI CHAQUE SOLDAT D'UN REGARD QUI L'INCITAIT À BOIRE.
OUT OF THE DREAMS THAT ROSE IN HAPPY THRONG,
LOW TO OUR HEARTS LOVE SANG AN OLD SWEET SONG :
PUIS CE FUT AU TOUR DE DANE.
AND IN THE DUSK WHERE FELL THE FIRELIGHT GLEAM,
SOFTLY IT WOVE ITSELF INTO OUR DREAM.
SON VISAGE, IL AVAIT QUELQUE CHOSE.
JUST A SONG AT TWILIGHT WHEN THE LIGHTS ARE LOW,
AND THE FLICKERING SHADOWS SOFTLY COME AND GO.
UNE SORTE DE DOUCE CHALEUR.
THOUGH THE HEART WEARY, SAD THE DAY AND LONG,
STILL TO US AT TWILIGHT COMES LOVE'S OLD SONG.
COMES LOVE'S OLD... SWEET... SONG...

JE M'ÉTAIS DICTÉ UN CERTAIN NOMBRE DE RÈGLES EN FRANCE.
L'UNE D'ELLES ÉTAIT DE NE PAS EMBRASSER DE SOLDAT.
OH, JOAN...
VOYEZ, UN BAISER PEUT DURER TOUTE UNE VIE.
JE VOUS AIME... JE VOUS AIME...
UN SOLDAT, CE N'EST JAMAIS QUE L'HISTOIRE D'UN JOUR.
JOAN ?
EVEN TODAY WE HEAR LOVE'S SONG OF YORE.
DEEP IN OUR HEARTS IT DWELLS, FOREVERMORE...

PRESQUE SEPT MOIS PLUS TARD, J'ÉTAIS EN TRAIN DE ME MAQUILLER (IL N'Y AVAIT PAS DE VESTIAIRE ET JE DEVAIS LE FAIRE AU BAR) QUAND J'ENTENDIS UNE VOIX FAMILIÈRE.
VOUS N'AVEZ PAS BESOIN DE TOUT ÇA, VOUS ÊTES DÉJÀ *PARFAITE*.
DANE !
BONJOUR, BELLE DAME. QUOI DE NEUF ?
TU ES *REVENU !* TU AS ARRÊTÉ D'ÉCRIRE IL Y A QUELQUES MOIS... APRÈS TANT DE *RÉGULARITÉ*, JE PENSAIS...
OH, C'EST UNE *JOIE* DE TE VOIR !
C'EST BON DE REVENIR, JOAN. DÉSOLÉ DE NE PLUS T'AVOIR ÉCRIT, ÇA A ÉTÉ... IL Y A EU...
EH BIEN, CHRISTOPHER EST MORT. C'EST POUR ÇA QU'ON EST *ICI*. NOUS TROIS... CEUX QUI RESTENT.
C'EST DEVENU UNE *TRADITION*, N'EST-CE PAS ? IL FAUT HONORER LA... TRADITION.
OH, NON.
JE SUIS *SI* DÉSOLÉE.

IL N'Y A PAS DE QUOI SE DÉSOLER. NE T'EN FAIS PAS, ÇA N'EN VAUT PAS LA PEINE.
C'EST LA GUERRE.
C'EST TOUT NATUREL.
NON ?
DANE...
NON, LAISSE-MOI PARLER... JE... BON, JOAN, J'AI QUELQUE CHOSE D'IMPORTANT À DIRE. OUI.
J'AI ÉTÉ... J'AI VU... JE NE SUIS PAS CERTAIN DE CE QUI VA ARRIVER. JE NE LE SUIS PAS. PERSONNE NE L'EST.
DES FOIS TU ES DANS LA TRANCHÉE, D'AUTRES FOIS NON. C'EST TOUT. TOUTE TA VIE SE LIMITE À ÇA. ÊTRE DEDANS OU DEHORS.
EN CE MOMENT... JE SUIS DEHORS... N'EST-CE PAS ? ET... JE SUIS AVEC TOI ET IL N'Y A PAS DE BALLES NI DE POUX NI DE BOUE... ET... LE SOLEIL RÉCHAUFFE, ET L'EAU MOUILLE.
ET QUI SAIT... QUI DIABLE SAIT VRAIMENT ?
JOAN. AUJOURD'HUI. CE SOIR. MAINTENANT... JOAN...

VEUX-TU M'ÉPOUSER ?

ET VOILÀ.
IL EN EST TOUJOURS AINSI.
ET JE SUS EXACTEMENT CE QUE J'ÉTAIS CENSÉE DIRE.
DANE, C'EST TRÈS MIGNON. J'AI... C'EST BEAU D'ENTENDRE ÇA VENANT DE TOI.
JE NE PEUX TE DIRE À QUEL POINT ÇA COMPTE. JE PENSE QUE TU... QUE PERSONNE NE PEUT VRAIMENT COMPRENDRE. MÊME MOI, PARFOIS.
"JE T'AIME, DANE. AUJOURD'HUI ET POUR TOUJOURS."
MAIS NON. JE NE PEUX PAS. PARDON.
"OUI, MON CŒUR ! MARIONS-NOUS ! DANS TOUTE CETTE TRAGÉDIE, TROUVONS LE MOYEN D'ÊTRE HEUREUX, D'ÊTRE AIMÉS."
AH.
JE VOIS.
BIEN.

IL PARTIT ET RETOURNA À SA TABLE. ON NE SE PARLA PLUS DU RESTE DE LA SOIRÉE.
LES MOIS PASSÈRENT SANS QUE JE LE REVOIE.
À RAPHAEL, LE BÂTARD !
IL ÉTAIT DE RETOUR, AVEC UN AMI EN MOINS.
HÉ, C'EST ELLE QUI ARRIVE, NON ?
CELLE DONT TU PARLES TOUT LE TEMPS. ELLE EST CANON, DIS. TU AS L'ŒIL. C'EST POUR ÇA QUE LES BALLES NE TE TOUCHENT PAS. AVEC TES YEUX GRAND OUVERTS.
DU CALME. T'ES BOURRÉ.
BOURRÉ ?! MOI ? SI PEU ! JE SUIS VIVANT ! VOILÀ CE QUE JE SUIS, HEIN ? PAS COMME RAF, OU TOUS LES AUTRES !
ET COMME TOI, MAINTENANT QUE J'Y PENSE !
ALORS ARRÊTE DE PERDRE TON TEMPS À BLABLATER AVEC MOI ET VA LA CHERCHER !
ON EST EN GUERRE. ELLE EST SUR SCÈNE.
POUR L'EMMENER OÙ ?
COMMENT POURRAIS-JE FOUTREMENT LE SAVOIR ?
JE SUIS BOURRÉ COMME UN PUTOIS !
DU CALME, GROS @$@$.
ELLE VA COMMENCER.

I WANDER ON AS IN A DREAM ; MY GOAL A PARADISE MUST BE
FOR THERE AN ANGEL WAITS 'TWOULD SEEM, YET LO MY DEAR HEART TIS ONLY THEE.
SUNS MAY SHINE TO LIGHT MY WAY DEAR ; WEALTH BE MINE FOR AYE DEAR.
QUEENS MAY PLEDGE THEIR RICHES TOO. YET THE WORLD WOULD STILL BE LONELY WITH SUCH VIRTUES ONLY.
LIFE TO ME, DEAR. MEANS JUST YOU...
I CARE NOT FOR THE SUN TO SHINE, I DARE NOT HOPE TO ER'E BE MINE,
I ONLY KNOW I LOVE YOU.
LOVE ME AND THE WORLD IS MINE...

NON !
JE NE *PEUX PAS*... DÉSOLÉ... JE...
JE... JE... DÉSOLÉ... JE M'EXCUSE...
DANE !
ATTENDS ! LAISSE-MOI TE PARLER...
NON, C'EST BON... QUE TOUT LE MONDE ME *LAISSE*...
ÇA *VA*... DÉSOLÉ...
DANE !

LAISSEZ-LE FILER, M'DAME.
C'EST UN GARÇON FIER. IL NE VEUT PAS QUE VOUS VOYIEZ ÇA.
VOIR QUOI... DE QUOI PARLEZ-VOUS ?
RAF ET LUI SONT PARTIS EN PATROUILLE DANS LE NO MAN'S LAND. RAF A ÉTÉ TOUCHÉ. IL ÉTAIT BLESSÉ DANS LA BOUE, TROP ATTEINT POUR BOUGER.
DANE EST RESTÉ AVEC LUI, JUSQU'AU MATIN. À ESSAYER DE LE TRANQUILLISER ESPÉRANT UN MIRACLE JE NE SAIS PAS.
QUAND LE MATIN EST ARRIVÉ, RAF ÉTAIT MORT ET DANE A DÛ FAIRE LE MORT AUSSI POUR NE PAS ÊTRE TUÉ PAR UN SNIPER. IL EST RESTÉ TOUTE LA JOURNÉE À CÔTÉ DE LUI DANS LA BOUE.
À ATTENDRE QUE LA NUIT TOMBE.
MAIS À LA NUIT TOMBÉE, IL N'A PAS BOUGÉ. JE NE SAIS PAS POURQUOI, IL VEUT PAS LE DIRE.
IL EST RESTÉ TROIS JOURS COMME ÇA, RECOUVERT PAR LE CADAVRE DE RAF, JUSQU'À CE QUE J'AILLE MOI-MÊME LE TRAÎNER JUSQU'À LA TRANCHÉE.
IL TRAVERSE CE GENRE DE PHASE, DE TEMPS EN TEMPS. RIEN DE SÉRIEUX. FAUT PAS TROP S'EN FAIRE POUR ÇA.
LAISSEZ-LUI UN MOMENT, MA CHÈRE.
CE N'EST PAS L'AMOUR QUI LE FAIT PLEURER.

PRESQUE UN AN S'ÉCOULA AVANT QUE JE NE LE REVOIE. UNE ANNÉE DE CHANSONS CHANTÉES ET OUBLIÉES ALORS QUE LES HOMMES PASSAIENT.
LOVE HERE IS MY HEART... ONE... ONE ROSE FOR YOUR HAIR...
YOURS IF YOU KEEP IT TODAY... YOURS IF... IF YOU THROW IT...
... AWAY... AWAY...
PAS BESOIN DE SURJOUER, ALLUMEZ DONC MA CIGARETTE.
OUI, PARDON. DONNE-MOI JUSTE UNE SECONDE... J'AI DES ALLUMETTES LÀ, EUH...
PUIS ASSIEDS-TOI... IL Y A... IL Y A PLEIN DE PLACE.
JOAN !
DU FEU, DANE ?
REGARDE-TOI ! CE QUE TU ES DÉLICIEUSE ! PURÉE ! COMMENT FAIS-TU POUR LE RESTER ?! TOUT LE RESTE DISPARAÎT... C'EST PAS VRAI ?
MERCI.
NE ME REMERCIE PAS... IL Y A TELLEMENT DE PLACE À PRÉSENT... DE LA PLACE POUR QUE TOUT LE MONDE...
DIEU DU CIEL, JOAN. JE SUIS SI CONTENT QUE TU SOIS ICI !
MATCHES

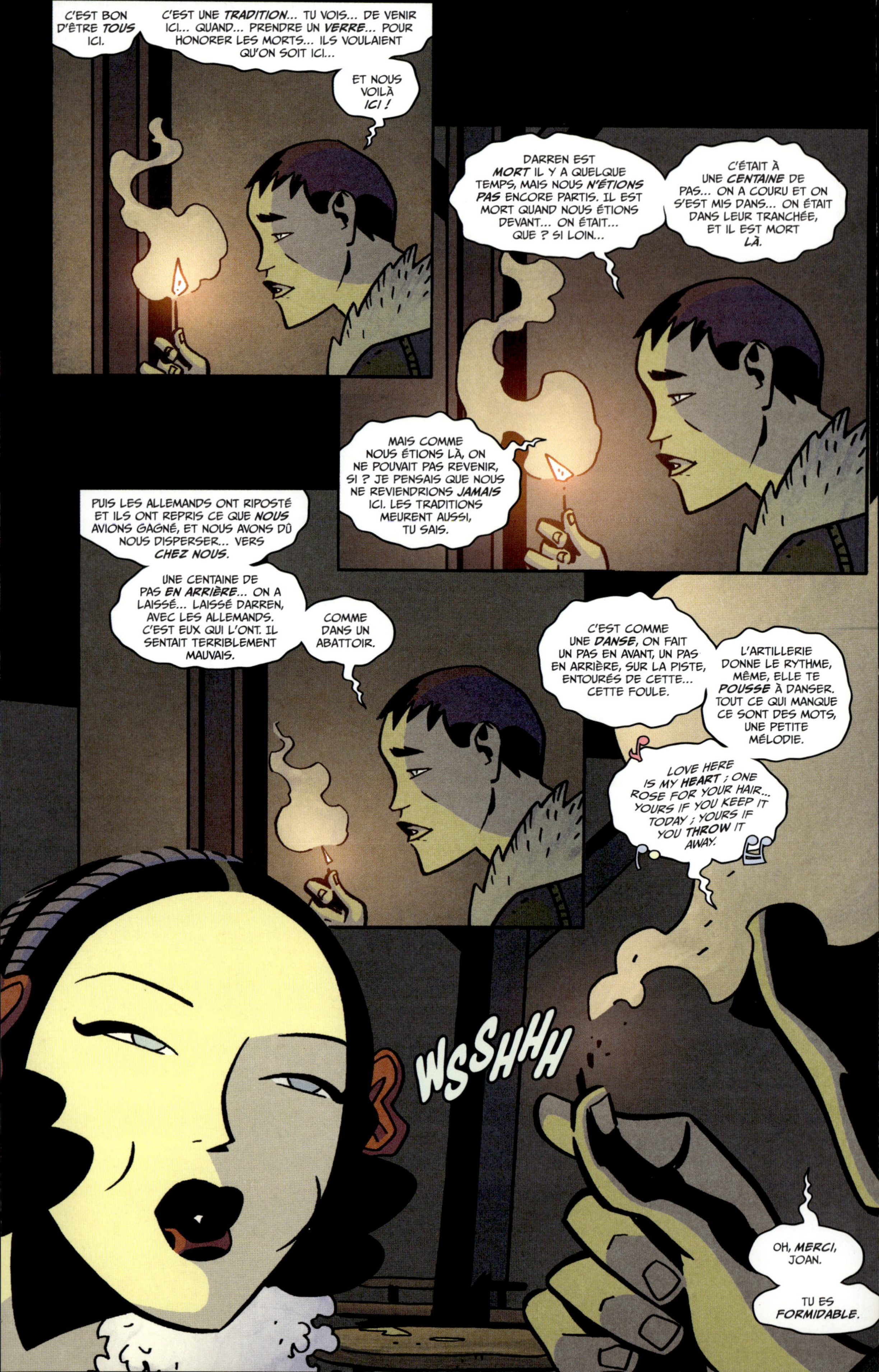
C'EST BON D'ÊTRE TOUS ICI.
C'EST UNE TRADITION... TU VOIS... DE VENIR ICI... QUAND... PRENDRE UN VERRE... POUR HONORER LES MORTS... ILS VOULAIENT QU'ON SOIT ICI...
ET NOUS VOILÀ ICI !
DARREN EST MORT IL Y A QUELQUE TEMPS, MAIS NOUS N'ÉTIONS PAS ENCORE PARTIS. IL EST MORT QUAND NOUS ÉTIONS DEVANT... ON ÉTAIT... QUE ? SI LOIN...
C'ÉTAIT À UNE CENTAINE DE PAS... ON A COURU ET ON S'EST MIS DANS... ON ÉTAIT DANS LEUR TRANCHÉE, ET IL EST MORT LÀ.
MAIS COMME NOUS ÉTIONS LÀ, ON NE POUVAIT PAS REVENIR, SI ? JE PENSAIS QUE NOUS NE REVIENDRIONS JAMAIS ICI. LES TRADITIONS MEURENT AUSSI, TU SAIS.
PUIS LES ALLEMANDS ONT RIPOSTÉ ET ILS ONT REPRIS CE QUE NOUS AVIONS GAGNÉ, ET NOUS AVONS DÛ NOUS DISPERSER... VERS CHEZ NOUS.
UNE CENTAINE DE PAS EN ARRIÈRE... ON A LAISSÉ... LAISSÉ DARREN, AVEC LES ALLEMANDS. C'EST EUX QUI L'ONT. IL SENTAIT TERRIBLEMENT MAUVAIS.
COMME DANS UN ABATTOIR.
C'EST COMME UNE DANSE, ON FAIT UN PAS EN AVANT, UN PAS EN ARRIÈRE, SUR LA PISTE, ENTOURÉS DE CETTE... CETTE FOULE.
L'ARTILLERIE DONNE LE RYTHME, MÊME, ELLE TE POUSSE À DANSER. TOUT CE QUI MANQUE CE SONT DES MOTS, UNE PETITE MÉLODIE.
LOVE HERE IS MY HEART ; ONE ROSE FOR YOUR HAIR... YOURS IF YOU KEEP IT TODAY ; YOURS IF YOU THROW IT AWAY.
WSSHHH
OH, MERCI, JOAN.
TU ES FORMIDABLE.

FORMIDABLE... ET J'ATTENDS.
POURQUOI NE M'AS-TU PAS ÉPOUSÉ, JOAN ?
MATCHES
NE SOUHAITES-TU PAS DEVENIR VEUVE ?

SI J'ACCEPTAIS DE T'ÉPOUSER, ÇA NE FERAIT PAS DE MOI UNE VEUVE.
ÇA FERAIT DE MOI QUELQU'UN D'ENTIÈREMENT DIFFÉRENT. CE SONT LES RÈGLES.
ET TU... TU LES SUIS... LES RÈGLES ?
LE SOLEIL ARRIVE ET TU AS CHAUD, LA PLUIE ARRIVE ET TU ES MOUILLÉ.
CE SONT LES RÈGLES, QUE TU LES SUIVES OU PAS. ELLES SONT LÀ.
UN TYPE QUE JE CONNAIS, QUI EST MORT MAINTENANT, DISAIT... IL DISAIT QU'UNE FOIS QUE TU SAIS QUE TU VAS PARTIR, ÇA NE TE FAIT PLUS PEUR.
TU NE SURSAUTERAS PAS AU BRUIT ET TU CHARGERAS DROIT DEVANT AVEC UN GRAND SOURIRE SUR TON VISAGE, D'UNE OREILLE À L'AUTRE !
TU SAURAS L'APPRÉCIER !
VRAIMENT ?
ET QU'EN PENSES-TU ?
MOI ? JOAN... MON AMOUR... JE...
JE SAIS BIEN CE QUI VA ARRIVER. JE SAIS.
ET JE SUIS TELLEMENT TERRIFIÉ QUE JE NE PEUX PLUS RESPIRER.

OUS PARLÂMES TOUTE LA NUIT, IL PARTIT LE MATIN. QUATRE MOIS PLUS TARD, IL REVINT, TOUT SEUL.
IL S'ASSIT À SA TABLE, REGARDA TOUT LE SPECTACLE SANS UN MOT, JUSQU'À...
ON FERME, DANE. LE SHOW EST TERMINÉ. IL EST TEMPS D'Y ALLER.
JE SAIS.
DANSERAS-TU AVEC MOI ?
LE GROUPE EST PARTI. IL N'Y A PLUS DE MUSIQUE.
PEU M'IMPORTE.

JE NE *PEUX PAS* REPARTIR.
PARFOIS, IL FAIT SI FROID LA NUIT DANS LA TRANCHÉE QUE LORSQUE LE *SOLEIL* VIENT, ÇA NE FAIT RIEN.
CE N'EST QU'UNE LUMIÈRE DANS LE CIEL.
ET PARFOIS TU ES SI TREMPÉ PAR LA BOUE QUE LORSQUE LA *PLUIE* VIENT, TU N'ES MÊME PAS MOUILLÉ.
CE N'EST QU'UNE CHOSE DE PLUS QUI TE TOMBE DESSUS.
C'EST MON TOUR, C'EST ÇA ?
JE *DOIS REPARTIR*.
AU REVOIR, *JOAN*.

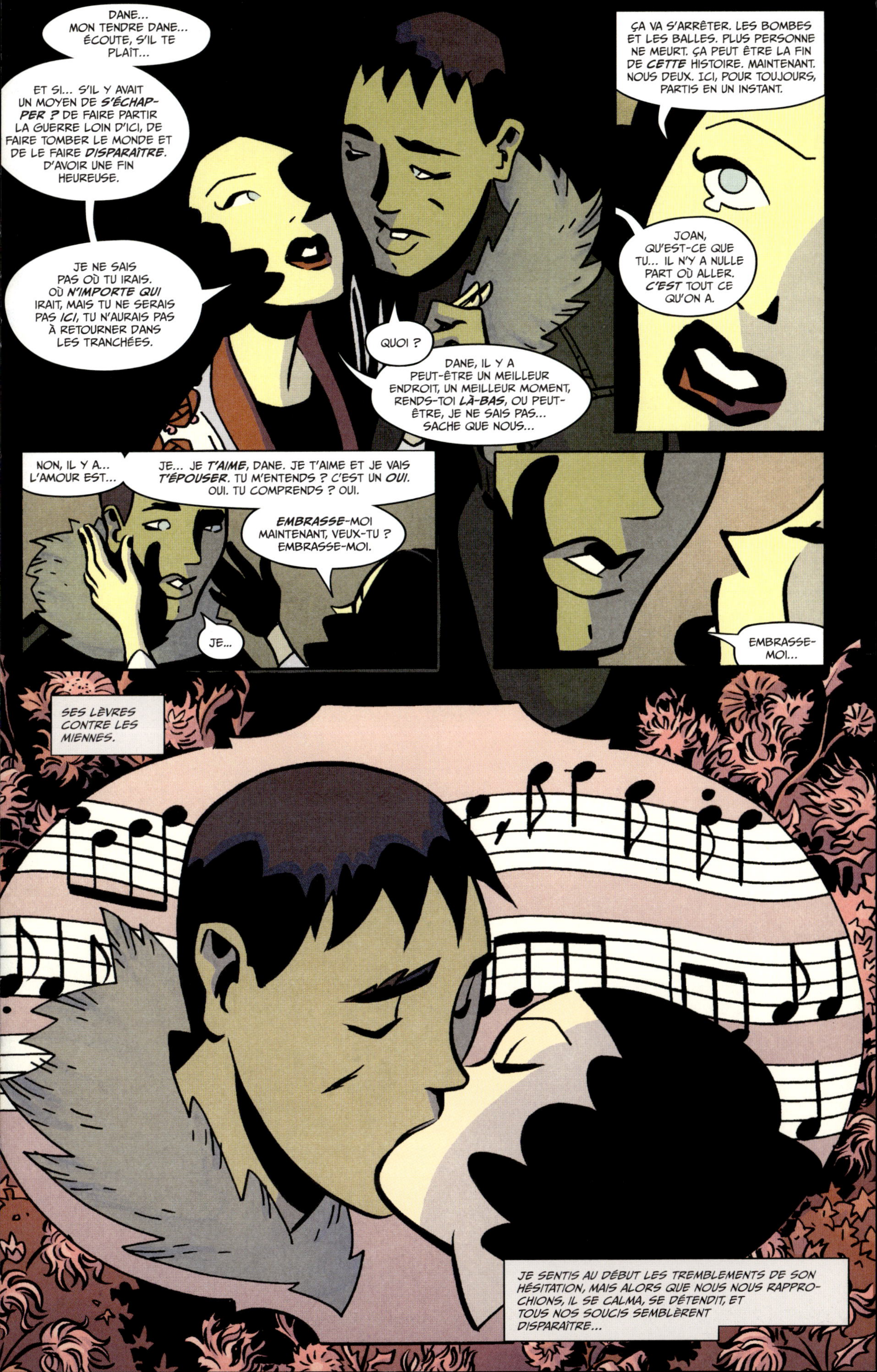
DANE... MON TENDRE DANE... ÉCOUTE, S'IL TE PLAÎT...
ET SI... S'IL Y AVAIT UN MOYEN DE *S'ÉCHAPPER ?* DE FAIRE PARTIR LA GUERRE LOIN D'ICI, DE FAIRE TOMBER LE MONDE ET DE LE FAIRE *DISPARAÎTRE*. D'AVOIR UNE FIN HEUREUSE.
JE NE SAIS PAS OÙ TU IRAIS. OÙ *N'IMPORTE QUI* IRAIT, MAIS TU NE SERAIS PAS *ICI*, TU N'AURAIS PAS À RETOURNER DANS LES TRANCHÉES.
QUOI ?
DANE, IL Y A PEUT-ÊTRE UN MEILLEUR ENDROIT, UN MEILLEUR MOMENT, RENDS-TOI *LÀ-BAS*, OU PEUT-ÊTRE, JE NE SAIS PAS... SACHE QUE NOUS...
ÇA VA S'ARRÊTER. LES BOMBES ET LES BALLES. PLUS PERSONNE NE MEURT. ÇA PEUT ÊTRE LA FIN DE *CETTE* HISTOIRE. MAINTENANT. NOUS DEUX. ICI, POUR TOUJOURS, PARTIS EN UN INSTANT.
JOAN, QU'EST-CE QUE TU... IL N'Y A NULLE PART OÙ ALLER. *C'EST* TOUT CE QU'ON A.
NON, IL Y A... L'AMOUR EST...
JE... JE *T'AIME*, DANE. JE T'AIME ET JE VAIS *T'ÉPOUSER*. TU M'ENTENDS ? C'EST UN *OUI*. OUI. TU COMPRENDS ? OUI.
EMBRASSE-MOI MAINTENANT, VEUX-TU ? EMBRASSE-MOI.
JE...
EMBRASSE-MOI...
SES LÈVRES CONTRE LES MIENNES.
JE SENTIS AU DÉBUT LES TREMBLEMENTS DE SON HÉSITATION, MAIS ALORS QUE NOUS NOUS RAPPROCHIONS, IL SE CALMA, SE DÉTENDIT, ET TOUS NOS SOUCIS SEMBLÈRENT DISPARAÎTRE...

TONY ET DON. TOUTE MA VIE, ÇA N'A ÉTÉ QUE TONY ET DON ! TONY, LE FILS DE BONNE FAMILLE, BON ÉLÈVE ET RESPONSABLE. DON, LE PASSIONNÉ QUI NE VIT QU'AU JOUR LE JOUR. COMMENT UNE FILLE PEUT-ELLE DÉCIDER LORSQU'ELLE SE SENT...
Déchirée par l'Amour
ENLÈVE TES SALES PATTES DE MA JOAN !
TA JOAN ? ELLE NE SERA JAMAIS À TOI, MEC ! ELLE N'APPARTIENT À PERSONNE ! COMME TOUT LE MONDE ! CHACUN EST LIBRE !
TONY OU DON ! TONY OU DON ! JE NE PEUX PAS ME DÉCIDER ! MAIS JE LE DOIS !
TONY OU DON. TONY ET DON. ILS S'ENGUEULENT ET HURLENT.
LE SOLEIL RÉCHAUFFE MON VISAGE.
ET J'ATTENDS LA PLUIE.

LOVE EVERLASTING

CHAPITRE 5

HMM.
flpp
Coupes de cheveu
glamour
PAR FAITES EN TOUTE OCCASION !
MISS PETERSON ?
glamour
PAR FAITES EN TO
OUI ?
BIEN, MA CHÈRE.
JE SUIS PRÊTE À VOUS RECEVOIR.

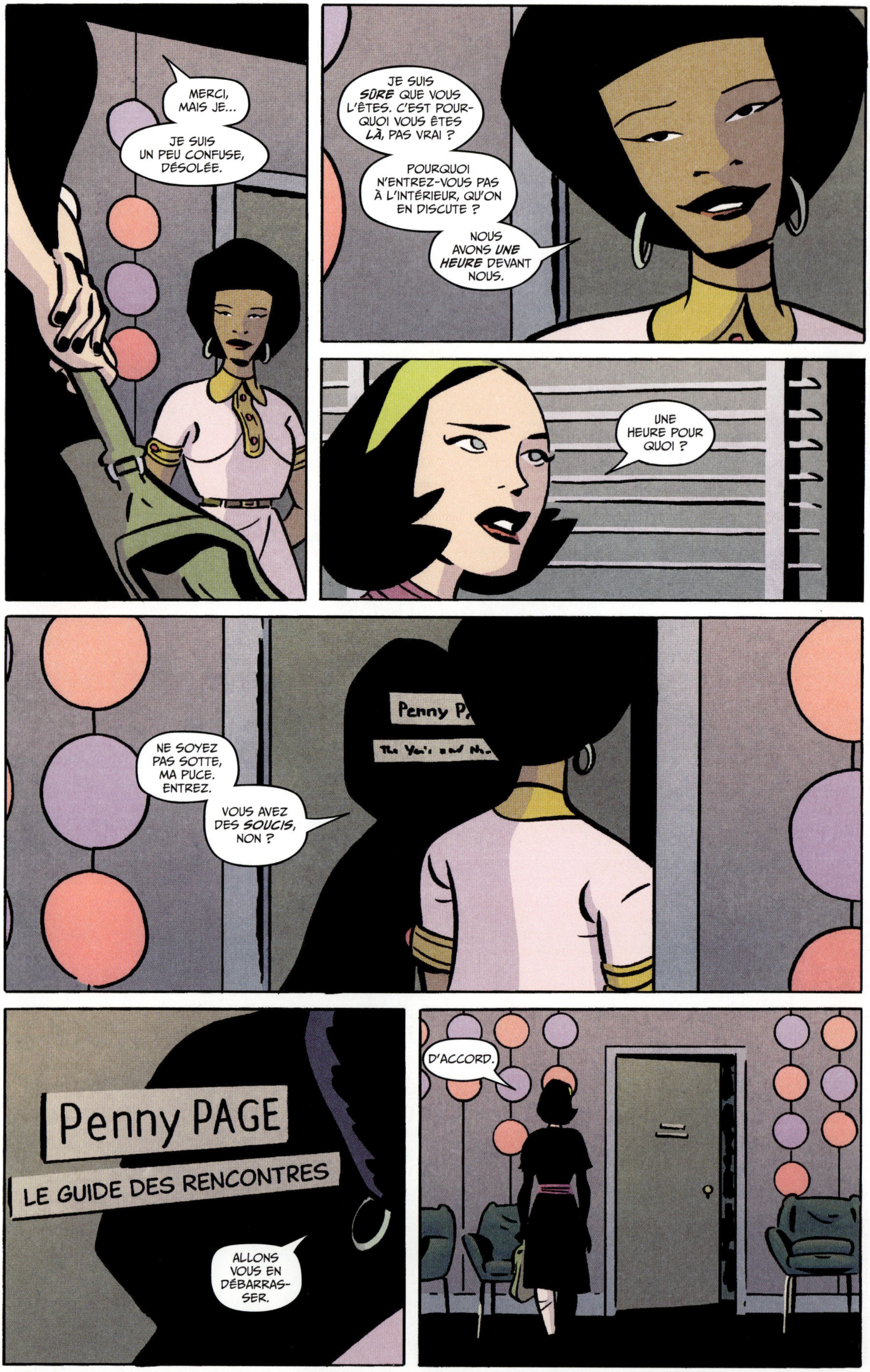
MERCI, MAIS JE...
JE SUIS UN PEU CONFUSE, DÉSOLÉE.
JE SUIS *SÛRE* QUE VOUS L'ÊTES. C'EST POURQUOI VOUS ÊTES *LÀ*, PAS VRAI ?
POURQUOI N'ENTREZ-VOUS PAS À L'INTÉRIEUR, QU'ON EN DISCUTE ?
NOUS AVONS *UNE HEURE* DEVANT NOUS.
UNE HEURE POUR QUOI ?
NE SOYEZ PAS SOTTE, MA PUCE. ENTREZ.
VOUS AVEZ DES *SOUCIS*, NON ?
Penny PAGE
LE GUIDE DES RENCONTRES
ALLONS VOUS EN DÉBARRASSER.
D'ACCORD.

PRENEZ UN SIÈGE *ICI*, JOAN, VOULEZ-VOUS ?
METTEZ-VOUS *À L'AISE*. SOUHAITEZ-VOUS BOIRE QUELQUE CHOSE ? DU THÉ, DE L'EAU ?
IL EST PEUT-ÊTRE UN PEU TÔT POUR QUELQUE CHOSE DE PLUS FORT, MAIS PEUT-ÊTRE QUE *NON*. QUI D'AUTRE QUE NOUS PEUT LE DIRE ?
NON, ÇA VA.
MERCI.
EH BIEN, VOUS ME DIREZ SI VOUS CHANGEZ D'AVIS.
JE VEUX QUE VOUS VOUS SENTIEZ CHEZ VOUS, J'AI TOUT CE QU'IL FAUT.
PARFAIT.
MAIS...
VOUS SAVEZ QUOI ? JE NE CROIS PAS M'ÊTRE PRÉSENTÉE FORMELLEMENT.
JE M'APPELLE *PENNY PAGE*.
OH, SUPER. MOI C'EST *JOAN*.
JOAN PETERSON.
OUI, JE SAIS QUI VOUS ÊTES.
C'EST SI *BON* DE VOUS AVOIR ICI, JOAN. J'ATTENDS CE MOMENT DEPUIS QUELQUE TEMPS.

DONC... VOUS...DONNEZ... DES CONSEILS ? C'EST ÇA ?
J'AI LU LA PLAQUE SUR LA PORTE. CE SONT... DES CONSEILS POUR LES RENCONTRES ?
HAHA. OUBLIEZ LA PLAQUE SUR LA PORTE, JOAN.
VOUS DEVRIEZ LIRE MON BOUQUIN.
PENNY PAGE
PENNY PAGE
The Yes's and No's of dating
IL A ÉTÉ TRADUIT DANS PLUS DE 40 LANGUES !
IL EN EXISTE MÊME UNE VERSION ABRÉGÉE QUE VOUS POUVEZ ACHETER EN VINYLE ! JE L'AI ENREGISTRÉE MOI-MÊME. ELLE A ÉTÉ NOMMÉE AUX GRAMMYS !
VOUS VOUS RENDEZ COMPTE, SINATRA ET MOI DANS LA MÊME PIÈCE ? OLD BLUE EYES, MON DIEU.
PARDON, JE NE VOUDRAIS PAS ÊTRE MALPOLIE, MAIS... JE SUIS UN PEU PERDUE.
JE NE COMPRENDS PAS EXACTEMENT CE QUI ARRIVE.
JE VEUX DIRE, CE N'EST PAS LÀ QUE J'AI L'HABITUDE... DE ME RETROUVER.
EH BIEN, EST-CE QUE ÇA N'APPELLE PAS LA QUESTION, DE FAIT ?
JOAN PETERSON, MA CHÈRE, OÙ AVEZ-VOUS L'HABITUDE DE VOUS RETROUVER ?
PENNY PAGE

AH, JOAN ! MON AMOUR POUR VOUS EST COMME L'OCÉAN, ON PEUT NAVIGUER DESSUS TOUTE SA VIE SANS JAMAIS COMPRENDRE À QUEL POINT IL EST VASTE !
ÉPOUSEZ-MOI !
JOAN, JE PEUX RETROUVER MON CHEMIN PARTOUT, MAIS TOUS LES CHEMINS QUE JE VOIS NE ME MÈNENT QU'À UN SEUL ENDROIT : VOUS !
JOAN, MA DOUCE, VOUS DEVEZ M'ÉPOUSER !
C'EST L'ALLIANCE DE MA MÈRE. ELLE M'A APPRIS À DANSER, MAIS TOI... TU M'AS APPRIS À AIMER !
JOAN PETERSON, MON AMOUR, VEUX-TU M'ÉPOUSER ?
J'AI ÉTÉ AMOUREUX AVANT, OU PLUTÔT JE PENSAIS AVOIR ÉTÉ AMOUREUX AVANT. MAIS J'ÉTAIS UN IDIOT, JE ME FOURVOYAIS.
JE SUIS LUCIDE, MAINTENANT !
JOAN, ACCEPTEZ D'ÊTRE MA FEMME !

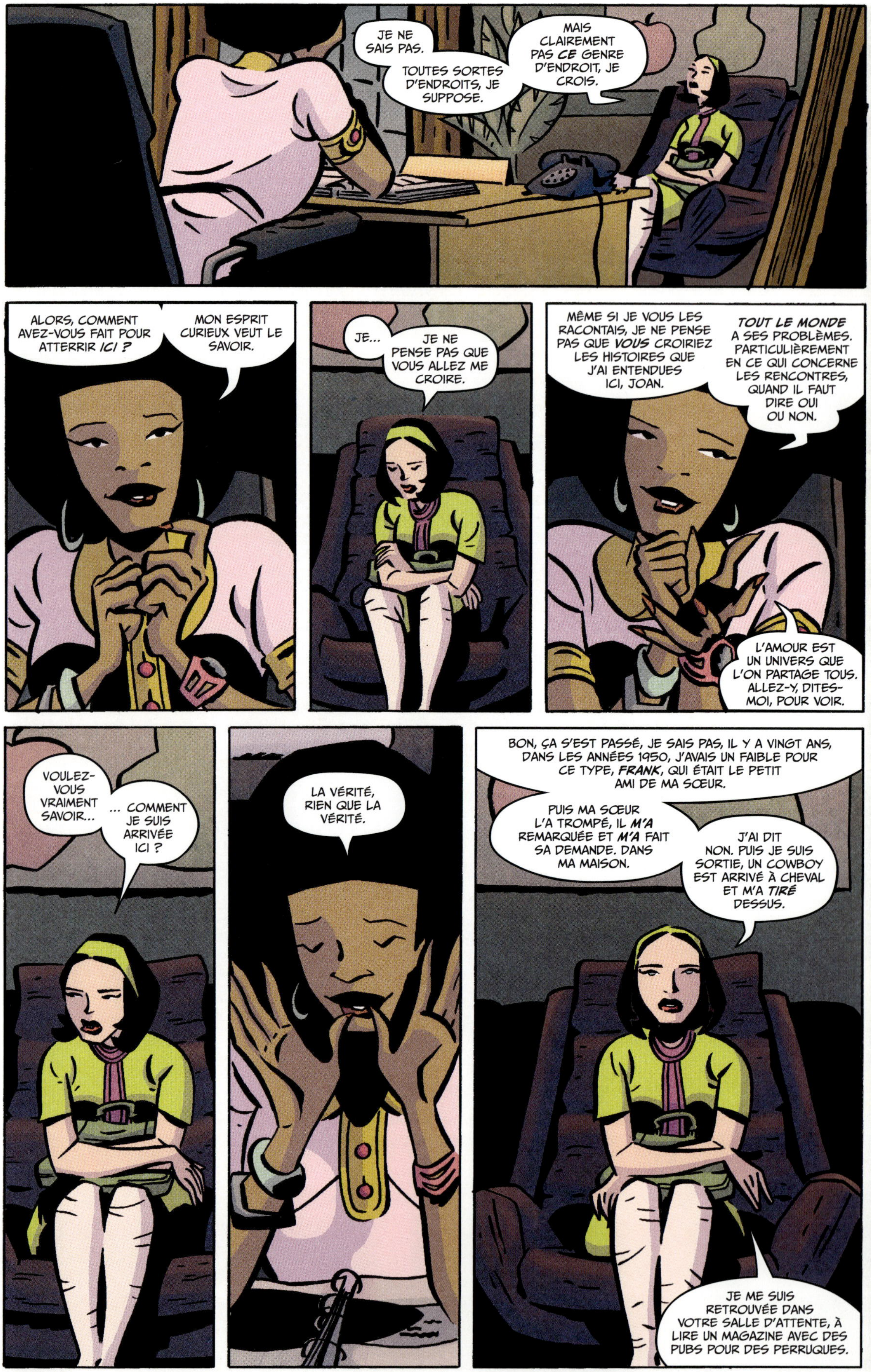

JE NE SAIS PAS.
TOUTES SORTES D'ENDROITS, JE SUPPOSE.
MAIS CLAIREMENT PAS *CE* GENRE D'ENDROIT, JE CROIS.
ALORS, COMMENT AVEZ-VOUS FAIT POUR ATTERRIR *ICI* ?
MON ESPRIT CURIEUX VEUT LE SAVOIR.
JE...
JE NE PENSE PAS QUE VOUS ALLEZ ME CROIRE.
MÊME SI JE VOUS LES RACONTAIS, JE NE PENSE PAS QUE *VOUS* CROIRIEZ LES HISTOIRES QUE J'AI ENTENDUES ICI, JOAN.
TOUT LE MONDE A SES PROBLÈMES. PARTICULIÈREMENT EN CE QUI CONCERNE LES RENCONTRES, QUAND IL FAUT DIRE OUI OU NON.
L'AMOUR EST UN UNIVERS QUE L'ON PARTAGE TOUS. ALLEZ-Y, DITES-MOI, POUR VOIR.
VOULEZ-VOUS VRAIMENT SAVOIR...
... COMMENT JE SUIS ARRIVÉE ICI ?
LA VÉRITÉ, RIEN QUE LA VÉRITÉ.
BON, ÇA S'EST PASSÉ, JE SAIS PAS, IL Y A VINGT ANS, DANS LES ANNÉES 1950, J'AVAIS UN FAIBLE POUR CE TYPE, *FRANK*, QUI ÉTAIT LE PETIT AMI DE MA SŒUR.
PUIS MA SŒUR L'A TROMPÉ, IL *M'A* REMARQUÉE ET *M'A* FAIT SA DEMANDE. DANS MA MAISON.
J'AI DIT NON. PUIS JE SUIS SORTIE, UN COWBOY EST ARRIVÉ À CHEVAL ET M'A *TIRÉ* DESSUS.
JE ME SUIS RETROUVÉE DANS VOTRE SALLE D'ATTENTE, À LIRE UN MAGAZINE AVEC DES PUBS POUR DES PERRUQUES.

VOUS AVEZ DÉJÀ ENTENDU *CE GENRE* D'HISTOIRE ?

HMM.
OUI. BIEN.
DIFFICILE DE SAVOIR QUOI FAIRE DE TOUT ÇA.
ÇA FAIT BEAUCOUP, N'EST-CE PAS ?
IL Y A VINGT ANS, VOUS DITES.
LES ANNÉES 50. D'ACCORD.
L'EX DE VOTRE SŒUR, FRANK, FAIT SA DEMANDE.
VOUS LE REPOUSSEZ. REPARTEZ. QUITTEZ LA MAISON.
UN COWBOY ARRIVE À CHEVAL ET VOUS TIRE DESSUS.
VOUS MOUREZ.
VOUS VOUS RÉVEILLEZ DANS MON PATIO.
AVEC UN MAGAZINE.
HMM.
J'IMAGINE DONC QUE MA QUESTION EST...
... POURQUOI DIABLE AVEZ-VOUS REPOUSSÉ FRANK ?

C'EST POUR MOI ?
JE BOIRAI LES DEUX SI VOUS NE LE PRENEZ PAS.
VOUS...
... PENSEZ QUE JE SUIS *FOLLE*. MAIS C'EST...
JOAN, MA CHÈRE.
JE PENSE QUE C'EST DUR DE FAIRE DES RENCONTRES. ET *L'AMOUR* AUSSI EST DUR.
TOUT CECI FERAIT PERDRE LA TÊTE À N'IMPORTE QUI... *SI* ON L'AUTORISE.
PENNY
AU FINAL, C'EST *TANT MIEUX*. PAS VRAI ?
SINON, JE N'AURAIS PAS DE TRAVAIL !
HAHAHA.
IL N'Y A PAS QUE FRANK.
J'AI REPOUSSÉ PLEIN D'AUTRES GARÇONS.

JOAN, VOUS NE POUVEZ...
JE NE PEUX PAS. JE *NE PEUX PAS.*
ET JE NE LE FERAI PAS.
PEUT-ÊTRE QUE SI VOUS Y *RÉFLÉCHISSEZ*, JOAN, PEUT-ÊTRE PLUS TARD...
J'Y *AI* RÉFLÉCHI. J'Y RÉFLÉCHIS DEPUIS LONGTEMPS. BIEN PLUS QUE VOUS NE POUVEZ IMAGINER.
C'EST POUR LE *MIEUX*, ALLEZ CAVALER VERS L'HORIZON. ET LAISSEZ-*MOI* PARTIR DANS L'AUTRE DIRECTION.
TRÈS BIEN ! RESTE ICI ! JE M'EN *FICHE !* LE MONDE EST *GRAND*, JOAN ! IL N'Y A PAS QUE TOI !
ON VERRA SI TU AIMES DANSER *TOUTE SEULE !*
JE NE VEUX PAS FAIRE D'HISTOIRE. JE NOUS AI SIMPLEMENT TOUJOURS IMAGINÉS... *OH, MERDE*... POURQUOI NE POUVEZ-VOUS DIRE *OUI ?* NE SERAIT-CE PAS PLUS FACILE ?
LE *SERVEUR* ARRIVE, COMMANDONS.
QUI SAIT ? PEUT-ÊTRE Y AURA-T-IL QUELQUE CHOSE DE BON À MANGER ?

=PFFF=
JE LE SAIS, CHÉRIE.
MAIS QUAND VOUS LES REPOUSSEZ, SAVEZ-VOUS À QUEL POINT ÇA ÉNERVE VOTRE PAUVRE MÈRE ?
MA MÈRE ? LAQUELLE ?
J'EN AI TELLEMENT.
VOUS ÊTES VRAIMENT ADORABLE, DES FOIS. JE COMPRENDS POURQUOI VOUS ÊTES SI POPULAIRE.
JE PARLE DE LA MÈRE QUI EST SI EN COLÈRE QU'ELLE ENVOIE À CHAQUE FOIS UN IDIOT DE COWBOY POUR VOUS TUER. ALORS QUE JE LA SUPPLIE DE NE PAS LE FAIRE.
RIEN À FAIRE. À CHAQUE FOIS, BANG.
QU... QUOI ?
JOAN. OH NON.
TOUT EST RENVERSÉ.

JE... JE NE COMPRENDS PAS.
QU'Y-A-T-IL À COMPRENDRE ? VOUS DITES NON ET FAITES FACE À DES CONSÉQUENCES QUE VOUS NE GOÛTEZ PAS, JE SUPPOSE.
ET J'AIMERAIS TROUVER UNE FAÇON DE VOUS AMENER EN UN ENDROIT OÙ VOUS FERIEZ DE MEILLEURS CHOIX, PLUS MALINS.
VOUS SAVEZ ?
NOUS DEVRIONS VRAIMENT NETTOYER TOUT ÇA. LA MOQUETTE VA ÊTRE TACHÉE, C'EST UNE NOUVELLE MOQUETTE QUE JE VIENS DE FAIRE POSER.
PUTAIN, VOUS SAVEZ !
JOAN.
COMMENT POURRAIS-JE VOUS DONNER UN CONSEIL HONNÊTE SI JE NE SAVAIS PAS ? NE SOYEZ PAS STUPIDE. ET NE JUREZ PAS, S'IL VOUS PLAÎT. ÇA NE VOUS SIED PAS.
SI VOTRE MÈRE APPRENAIT...
MAIS DE QUOI... DE QUOI VOUS PARLEZ, BORDEL ?
JOAN, VOUS ME FATIGUEZ. JE NE SUIS PAS UN DE CES GARÇONS VENUS ICI POUR VOUS COURTISER ET VOUS PARDONNER TOUT CE QUE VOUS FAITES.
JE SUIS LÀ POUR ÊTRE HONNÊTE AVEC VOUS. POUR VOUS AIDER.
HEIN ?

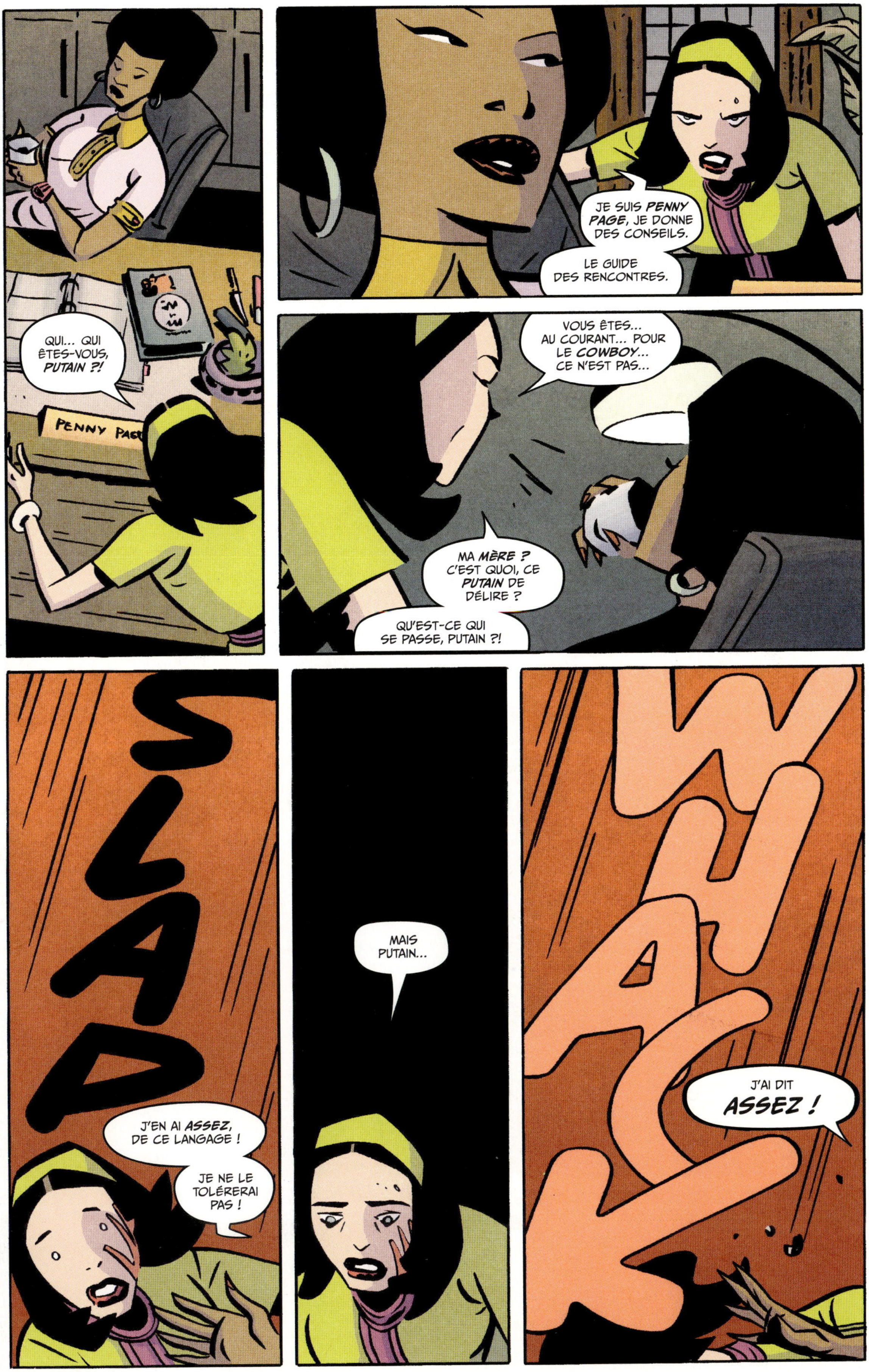
QUI... QUI ÊTES-VOUS, PUTAIN ?!
PENNY PAGE
JE SUIS PENNY PAGE, JE DONNE DES CONSEILS.
LE GUIDE DES RENCONTRES.
VOUS ÊTES... AU COURANT... POUR LE COWBOY... CE N'EST PAS...
MA MÈRE ? C'EST QUOI, CE PUTAIN DE DÉLIRE ?
QU'EST-CE QUI SE PASSE, PUTAIN ?!
SLAP
J'EN AI ASSEZ, DE CE LANGAGE !
JE NE LE TOLÉRERAI PAS !
MAIS PUTAIN...
WHACK
J'AI DIT ASSEZ !

JOAN S. PETERSON.
DEBOUT.
IL EST TEMPS DE SE COMPORTER COMME UNE *FEMME*.
PENNY PAGE

BORDEL...
JE DÉTESTE *VRAIMENT* DEVOIR ÊTRE AUSSI... DIRECTE.
PURÉE !
CE N'EST *PAS* DANS MA NATURE.
MAIS JE NE SUIS PAS BÉNÉVOLE. JE SUIS TRÈS SOLLICITÉE, ET VOTRE MÈRE ME PAIE *BIEN* POUR QUE JE VOUS PARLE.
JE NE VEUX PAS GÂCHER *SON* ARGENT NI VOTRE *TEMPS*... NI MON *TEMPS*, QUI TOURNE ET TOURNE EN ROND COMME UN PONEY DANS SON MANÈGE.
QUE... QUE SUIS-JE ?
POURQUOI VOUS INQUIÉTEZ-VOUS DE *ÇA ?* VOUS ÊTES COMME TOUT LE MONDE.
UNE FILLE QUI SOUFFRE DE PROBLÈMES DE *RENCONTRES*.
UNE FILLE QUI DEVRAIT DIRE *OUI* LORSQU'UN GARÇON LUI FAIT SA DEMANDE. ET QUI DEVRAIT DIRE *NON* À TOUT CE QUI EST SUSCEPTIBLE DE FAIRE VENIR CE COWBOY.
IL Y A UNE FAÇON DE FAIRE LES CHOSES, UNE FAÇON TRÈS *APPROPRIÉE* DE FAIRE LES CHOSES.
IL Y A UN CHEMIN QUI, SI VOUS LE SUIVIEZ, VOUS MÈNERAIT À DES COUCHERS DE SOLEIL SANS FIN, À DES BOUGIES PAR MILLIERS, ET JAMAIS VOUS NE VERSERIEZ *LA MOINDRE* LARME.
MAIS *VOUS* FAITES TOUT DE TRAVERS.

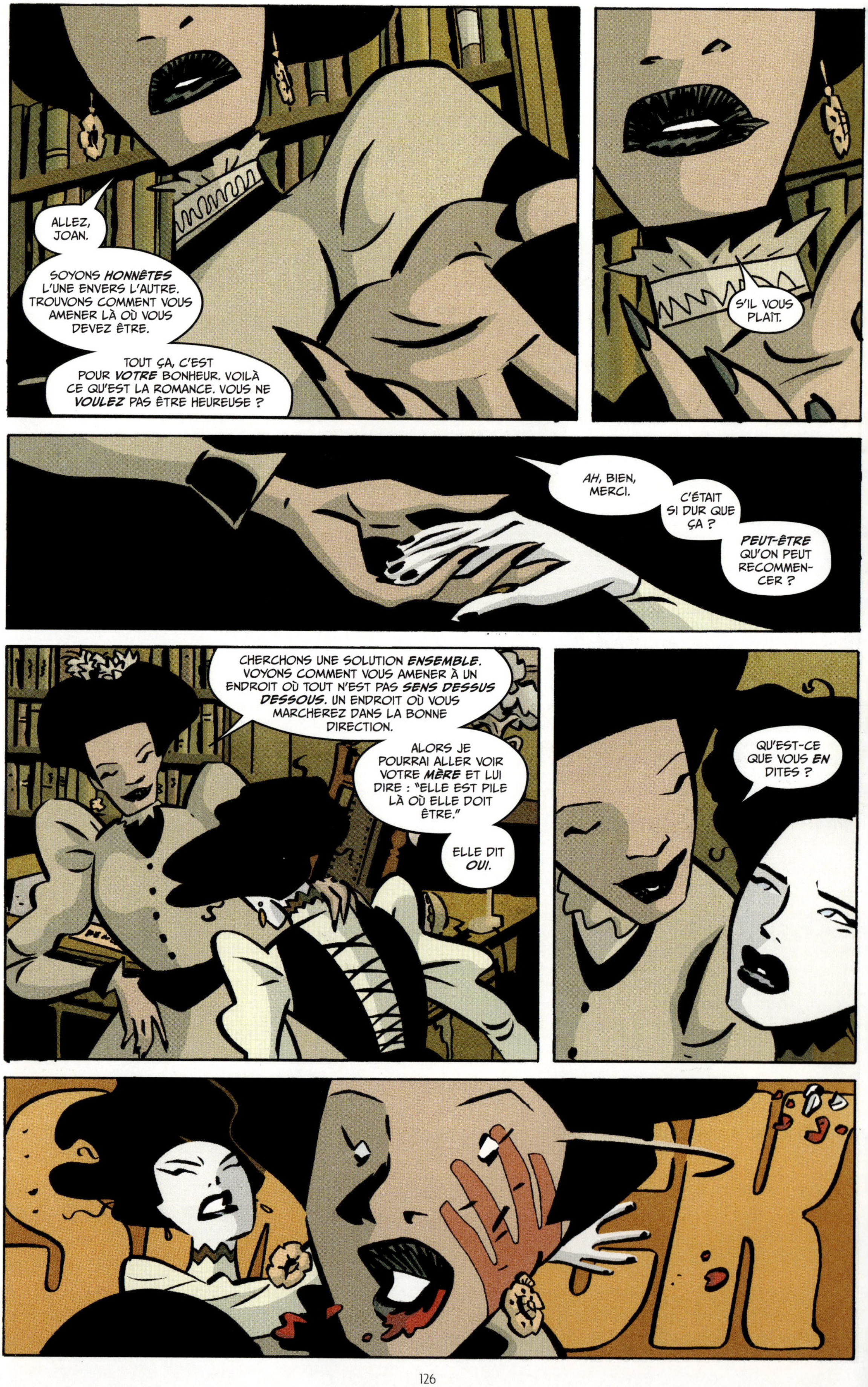

ALLEZ, JOAN.
SOYONS HONNÊTES L'UNE ENVERS L'AUTRE. TROUVONS COMMENT VOUS AMENER LÀ OÙ VOUS DEVEZ ÊTRE.
TOUT ÇA, C'EST POUR VOTRE BONHEUR. VOILÀ CE QU'EST LA ROMANCE. VOUS NE VOULEZ PAS ÊTRE HEUREUSE ?
S'IL VOUS PLAÎT.
AH, BIEN, MERCI.
C'ÉTAIT SI DUR QUE ÇA ?
PEUT-ÊTRE QU'ON PEUT RECOMMEN-CER ?
CHERCHONS UNE SOLUTION ENSEMBLE. VOYONS COMMENT VOUS AMENER À UN ENDROIT OÙ TOUT N'EST PAS SENS DESSUS DESSOUS. UN ENDROIT OÙ VOUS MARCHEREZ DANS LA BONNE DIRECTION.
ALORS JE POURRAI ALLER VOIR VOTRE MÈRE ET LUI DIRE : "ELLE EST PILE LÀ OÙ ELLE DOIT ÊTRE."
ELLE DIT OUI.
QU'EST-CE QUE VOUS EN DITES ?

JE RÊVE ?!
J'EN AI MARRE ! DE TOUTE CETTE MERDE, DE TOUTES CES VIES.
VOUS NE POUVEZ...
-PFF- JOAN, IL FAUT VOUS CALMER.
JE VOUS OFFRE LÀ UNE OPPORTUNITÉ. CE NE SONT PAS DES CRITIQUES. JE VEUX VOUS ÉCOUTER, ET JE VEUX COMPRENDRE CE QUI EST ALLÉ DE TRAVERS.
ON VOUS OFFRE DE L'AMOUR, CHÉRIE. IL FAUT QUE VOUS VOUS RÉVEILLEZ, QUE VOUS SENTIEZ LES ROSES QUE CES GARÇONS VOUS DONNENT.
QUE JE ME RÉVEILLE ? JE ME RÉVEILLE DANS UN HALL... DANS UN LIT... JE ME RÉVEILLE IL Y A CENT ANS... JE ME RÉVEILLE HIER, ET DEMAIN JE ME RÉVEILLERAI...
VOUS N'ÊTES PAS AU COURANT ?
JE SUIS PUTAIN DE RÉVEILLÉE !

OH, JOAN, MA *PAUVRE*.
VOTRE MENTAL EST FRAGILISÉ. IL FAUT QU'ON S'OCCUPE DE ÇA.
JE VEUX SAVOIR CE QU'IL Y A... QUI VOUS ÊTES... QUI EST...
POURQUOI EST-CE QUE JE SUIS OBLIGÉE DE VIVRE ÇA ? QU'EST-CE QUE J'AI FAIT, *PUTAIN ?*
COMMENT... COMMENT JE M'EN SORS ? QUI JE *SUIS*, BORDEL ?
CE SONT *D'EXCELLENTES* QUESTIONS, AU CŒUR DE TOUS LES PROBLÈMES DE RENCONTRES, SI ON Y RÉFLÉCHIT.
ET JE VEUX QU'ON PARLE, VRAIMENT.
MAIS JE NE FERAI *RIEN* TANT QUE VOUS ME TRAITEREZ COMME ÇA.
SLASH
AAAH !
VOUS NE VOYEZ PAS QUE J'ESSAIE D'EMPLOYER LA MÉTHODE *DOUCE ?!*
IL N'Y A *ICI* NI LE TEMPS NI LA PLACE POUR LA VIOLENCE !
SAVEZ-VOUS...
... CE QUI M'ARRIVE...
... QUAND JE DIS *NON ?*

BANG
L'AMOUR EST ÉTERNEL.
BANG
L'AMOUR EST ÉTERNEL.
BANG
L'AMOUR EST ÉTERNEL.
L'AMOUR EST ÉTERNEL.

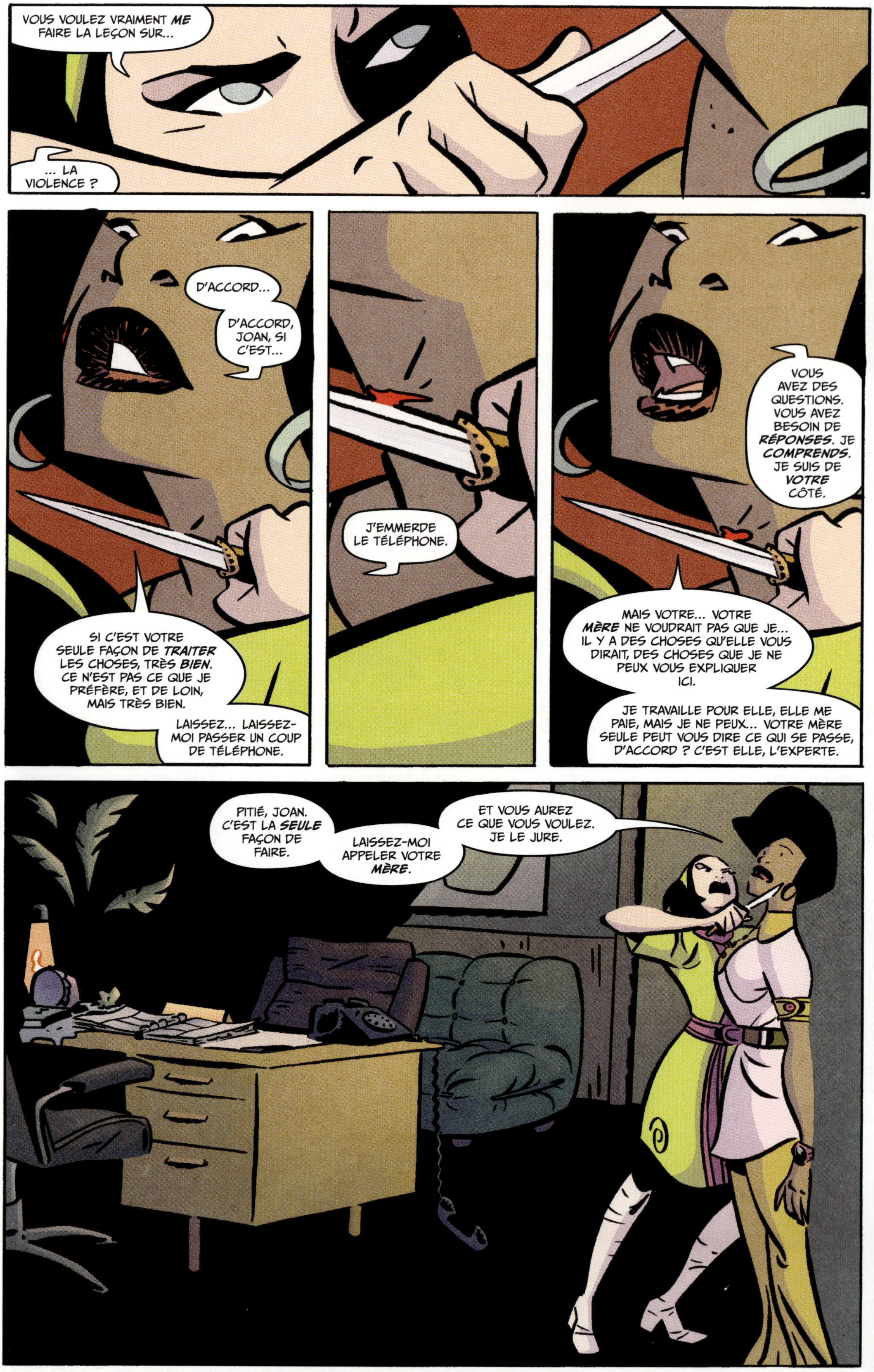
VOUS VOULEZ VRAIMENT ME FAIRE LA LEÇON SUR...
... LA VIOLENCE ?
D'ACCORD...
D'ACCORD, JOAN, SI C'EST...
SI C'EST VOTRE SEULE FAÇON DE TRAITER LES CHOSES, TRÈS BIEN. CE N'EST PAS CE QUE JE PRÉFÈRE, ET DE LOIN, MAIS TRÈS BIEN.
LAISSEZ... LAISSEZ-MOI PASSER UN COUP DE TÉLÉPHONE.
J'EMMERDE LE TÉLÉPHONE.
VOUS AVEZ DES QUESTIONS. VOUS AVEZ BESOIN DE RÉPONSES. JE COMPRENDS. JE SUIS DE VOTRE CÔTÉ.
MAIS VOTRE... VOTRE MÈRE NE VOUDRAIT PAS QUE JE... IL Y A DES CHOSES QU'ELLE VOUS DIRAIT, DES CHOSES QUE JE NE PEUX VOUS EXPLIQUER ICI.
JE TRAVAILLE POUR ELLE, ELLE ME PAIE, MAIS JE NE PEUX... VOTRE MÈRE SEULE PEUT VOUS DIRE CE QUI SE PASSE, D'ACCORD ? C'EST ELLE, L'EXPERTE.
PITIÉ, JOAN. C'EST LA SEULE FAÇON DE FAIRE.
LAISSEZ-MOI APPELER VOTRE MÈRE.
ET VOUS AUREZ CE QUE VOUS VOULEZ. JE LE JURE.

CLLLLLLLLICK
ÇA SONNE.
PAS D'INQUIÉTUDE. JE SUIS SÛRE QU'ELLE EST LÀ.
MADAME, C'EST PENNY. JE SUIS AU BUREAU. JOAN EST AVEC MOI.
ELLE AIMERAIT VOUS PARLER EN PERSONNE. ELLE *INSISTE* LÀ-DESSUS. AUSSITÔT QUE POSSIBLE. JE DIRAIS QUE C'EST UNE URGENCE.
ELLE DEMANDE...
OUI, MADAME... NON. JE... OUI, MADAME... J'AI ESSAYÉ, MADAME, MAIS...
OUI, MADAME... OUI, MADAME... NON, JE NE VOIS PAS COMMENT...
OUI, MADAME... OUI, MADAME...
OUI, MADAME.
CLICKK
TRÈS BIEN. VOUS AVEZ EU CE QUE VOUS *VOULIEZ*. ELLE N'EST PAS CONTENTE, MAIS ELLE ARRIVE.
ELLE EST AU DERNIER ÉTAGE, *À L'ÉVIDENCE*, ET LES ASCENSEURS SONT PLUTÔT CHARGÉS À CE MOMENT DE LA JOURNÉE.
ÇA NE PRENDRA QUE *QUELQUES* MINUTES.

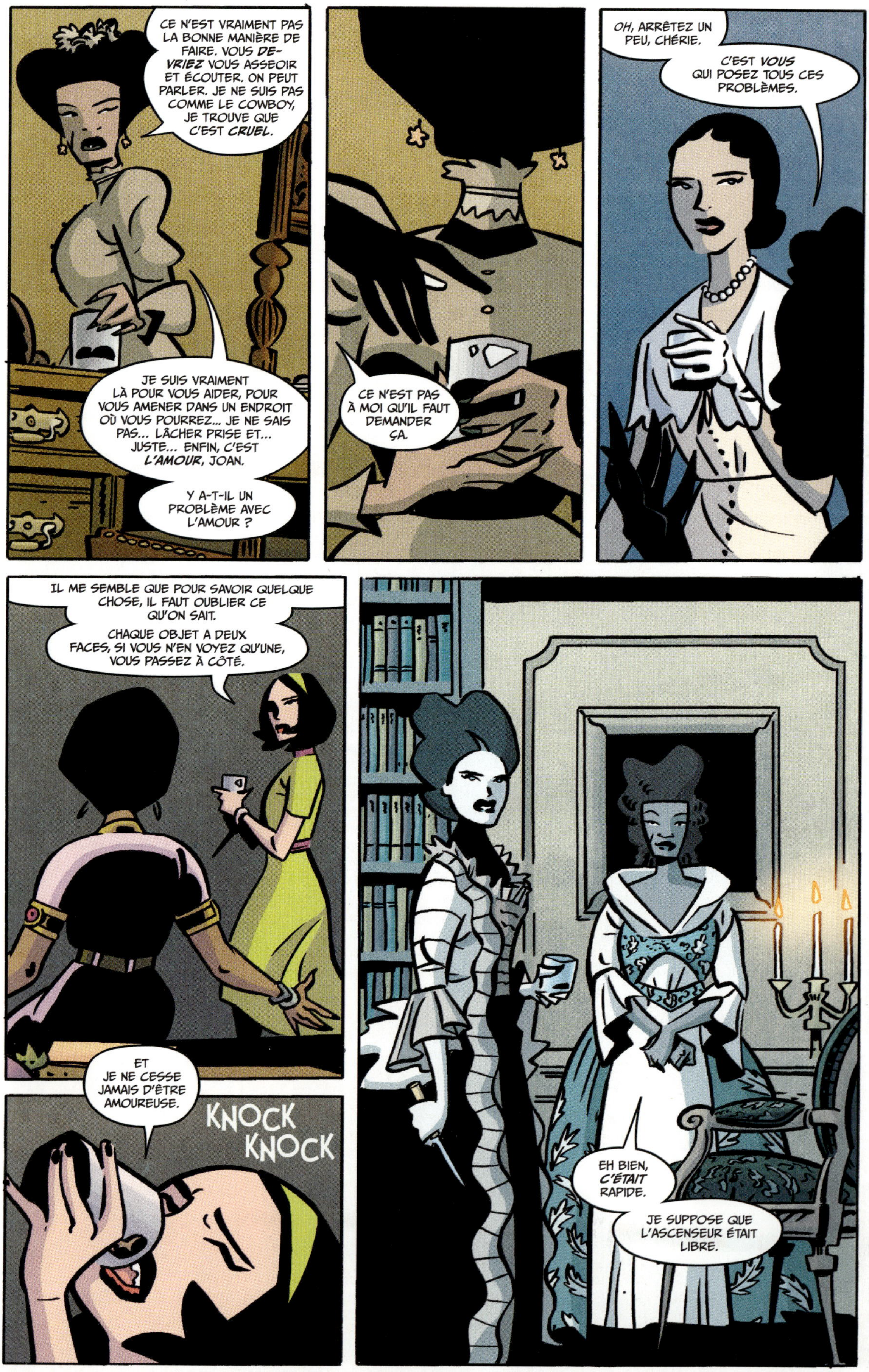
CE N'EST VRAIMENT PAS LA BONNE MANIÈRE DE FAIRE. VOUS *DEVRIEZ* VOUS ASSEOIR ET ÉCOUTER. ON PEUT PARLER. JE NE SUIS PAS COMME LE COWBOY, JE TROUVE QUE C'EST *CRUEL*.
JE SUIS VRAIMENT LÀ POUR VOUS AIDER, POUR VOUS AMENER DANS UN ENDROIT OÙ VOUS POURREZ... JE NE SAIS PAS... LÂCHER PRISE ET... JUSTE... ENFIN, C'EST *L'AMOUR*, JOAN.
Y A-T-IL UN PROBLÈME AVEC L'AMOUR ?
CE N'EST PAS À MOI QU'IL FAUT DEMANDER ÇA.
OH, ARRÊTEZ UN PEU, CHÉRIE.
C'EST *VOUS* QUI POSEZ TOUS CES PROBLÈMES.
IL ME SEMBLE QUE POUR SAVOIR QUELQUE CHOSE, IL FAUT OUBLIER CE QU'ON SAIT.
CHAQUE OBJET A DEUX FACES, SI VOUS N'EN VOYEZ QU'UNE, VOUS PASSEZ À CÔTÉ.
ET JE NE CESSE JAMAIS D'ÊTRE AMOUREUSE.
KNOCK KNOCK
EH BIEN, *C'ÉTAIT* RAPIDE.
JE SUPPOSE QUE L'ASCENSEUR ÉTAIT LIBRE.

TOC TOC
J'ARRIVE, MADAME, UN MOMENT !
ELLE PEUT ÊTRE UN PEU IMPATIENTE.
CE QUI, À MON AVIS, EST UN TRUC DE FAMILLE.
JE PLAISANTE, JE PLAISANTE !
VOUS SAVEZ, JE COMPRENDS VOTRE FAÇON DE FAIRE. MAIS VOUS DEVRIEZ POSER CE COUPE-PAPIER. TOUT VA BIEN, MAINTENANT.
VOUS N'AVEZ PAS À VOUS INQUIÉTER.
IL N'Y A PERSONNE DANS LE MONDE ENTIER QUI VOUS AIME PLUS QUE VOTRE MÈRE, VOUS VERREZ.
TOUT VA BIEN SE PASSER.
SALUT PENNY, COMMENT ÇA VA, POUPÉE ? MADAME VOUS ENVOIE SES SALUTATIONS ET SES REGRETS.
JE N'EN DOUTE PAS.
NON !!
FAUT-IL QUE VOUS LE DISIEZ À CHAQUE FOIS ?
LES ORDRES SONT LES ORDRES. VOUS NE PENSEZ-PAS QUE ÇA ME FATIGUE, MOI AUSSI ?
L'AMOUR EST...
AAAAAAAAAH !!!

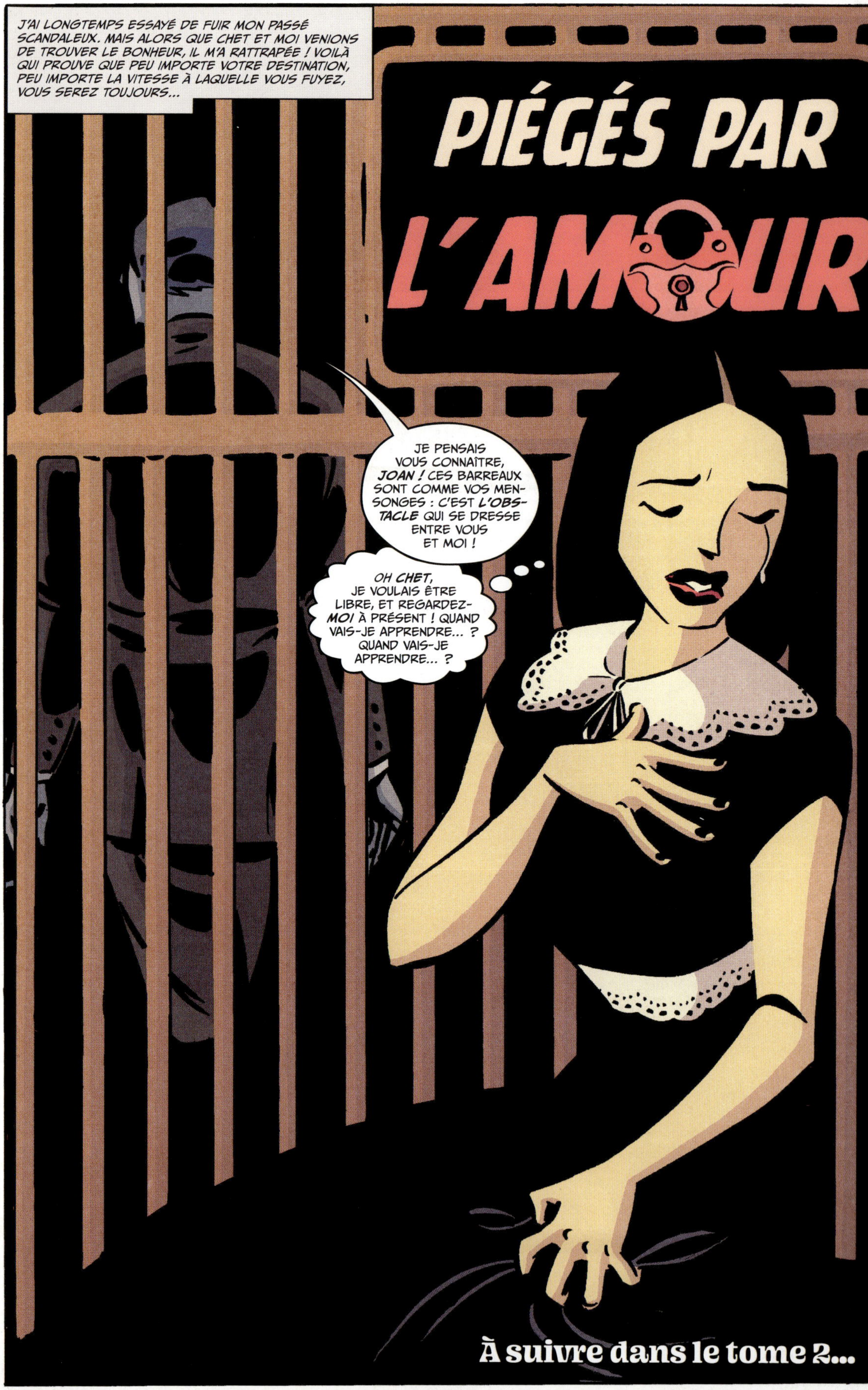
J'AI LONGTEMPS ESSAYÉ DE FUIR MON PASSÉ SCANDALEUX. MAIS ALORS QUE CHET ET MOI VENIONS DE TROUVER LE BONHEUR, IL M'A RATTRAPÉE ! VOILÀ QUI PROUVE QUE PEU IMPORTE VOTRE DESTINATION, PEU IMPORTE LA VITESSE À LAQUELLE VOUS FUYEZ, VOUS SEREZ TOUJOURS...
PIÉGÉS PAR L'AMOUR
JE PENSAIS VOUS CONNAÎTRE, JOAN ! CES BARREAUX SONT COMME VOS MENSONGES : C'EST L'OBSTACLE QUI SE DRESSE ENTRE VOUS ET MOI !
OH CHET, JE VOULAIS ÊTRE LIBRE, ET REGARDEZ-MOI À PRÉSENT ! QUAND VAIS-JE APPRENDRE... ? QUAND VAIS-JE APPRENDRE... ?
À suivre dans le tome 2...

COUVERTURES ALTERNATIVES

LOVE EVERLASTING #1 PAR CLAY MANN

LOVE EVERLASTING #1 PAR RAFAEL ALBUQUERQUE

LOVE EVERLASTING
TOME 1

57, rue Gaston Tessier - CS 50061 - 75166 Paris Cedex 19

Dépôt légal : octobre 2023
I.S.B.N. : 979-10-268-2236-3

Première édition

Illustration de couverture : Elsa Charretier (*LOVE EVERLASTING TPB* Vol.1)
Traduction : Arnaud Tomasini
Lettrage : MAKMA
Adaptation graphique : Rébekah Paulovich

Achevé d'imprimer en septembre 2023 chez Imprimerie de Champagne Nouvelle, ZI Les Franchises - rue de l'Étoile de Langres - 52200 Langres

PEFC 10-31-3162